俺がモテるのは解釈違い
～推し美少女たちに挟まれました～

浅岡旭　イラスト Bcoca

「お、なになに？　なんか面白い話ー？」
早乙女恋花《さおとめれんか》
活発で悪戯好きなクラスの人気者。いつも明るく元気だが、実は繊細でちょっと泣き虫な一面も。栞とは幼馴染。
「あのね！この前なんだけど～。栞ちゃんがすっごく可愛かったんだ～！」
宇佐美兎亜《うさみとあ》
無邪気で人懐っこいクラスの愛されキャラ。恋花や栞からも甘やかされているが、実は一番しっかり者で……？

「お願いだから、そのことは言わないで……！恥ずかしいから……」
「尊い……！」
成《なる》瀬《せ》壮《そう》真《ま》
百合をこよなく愛する男子高校生。美少女カップルを眺めつつ、そこに挟まろうとする男たちを陰で排除している。
星《ほし》宮《みや》栞《しおり》
真面目で落ち着いているクラスの委員長。幼馴染の恋花とはよく喧嘩しているが、それは仲良しだからこそ。

「私たちは、ずっと友達。
変に悩む必要ないから」
#秘密の約束
#これは見てはいけないやつ

「同じ人を好きになっても、ずっと仲良くしていたいよね！」
「二人とも……」

「それじゃーこれより！　恋バナ大会開始しま～す！」
「いえ～い！」
#お泊り会の夜は更け
#パジャマ姿も尊すぎ

「なんでいきなり恋バナなの……？」

Contents

OregaMoterunoha
Kaisyakuchigai
~oshibisyojyotachini
hasamaremashita~

俺がモテるのは解釈違い
～推し美少女たちに挟まれました～

浅岡 旭

ファンタジア文庫

3419

口絵・本文イラスト　Ｂｃｏｃａ

俺がモテるのは解釈違い
~推し美少女たちに挟まれました~
OregaMoterunoha
Kaisyakuchigai
~oshibisyojyotachini
hasamaremashita~

プロローグ

仲良くはしゃぐ美少女たちは、なんとも可愛《かわい》らしいものだ。

「ねーねー、兎亜《とあ》ちん。あーしのこと好き？」

「え～？　恋花《れんか》ちゃん、いきなりどうしたの～？」

二年一組の教室にて。隣り合う二人の美少女が、キャッキャと言葉を交わしていた。

兎亜と呼ばれた背の低いロリっ子。そして恋花と呼ばれた金髪ギャル女子。彼女たちは恋人のように肩を寄せ合う。

「だって、見てこれ！　すごくない？　あーし、兎亜ちんとの相性九十五％なんだけど」

「あっ！　ほんとだ～。このアプリの相性占い、当たるって噂《うわさ》のやつだよね？」

「そーそー！　あーしたち、メッチャ仲良しじゃーん！　イエーイ！」

「いえ～い！　相性抜群だね～！」

可愛らしくハイタッチを交わし、親愛のハグをする二人。漫画なら、周囲にハートマークが飛んでいそうだ。

「ねー、どーする？　あーしたち結婚しちゃう？」

「あははっ。恋花ちゃん気が早いよ～。そんなに、わたしのこと好きなの～？」

「だって、九十五％だよ？　兎亜ちんもあーしのこと大好きじゃーん」

「も～。違うもん。これは友達としての『好き』だも～ん」

「えー？　でも兎亜ちん、顔真っ赤だよー？」

ラブラブオーラを発しながら、仲良くじゃれ合う恋花さんと兎亜さん。

そこに、一人の女子が歩み寄る。

「こら、恋花。兎亜が困ってるでしょ」

「あいたぁ⁉」

文庫本の角で、軽く恋花さんを小突く女子。

黒髪の文学美少女──栞《しおり》さんだ。

「ちょっとしおりん！　なにすんの⁉」

「恋花がグイグイいくから悪い。兎亜、大丈夫？」

「うん！　ありがとう、栞ちゃん」

兎亜さんが席を立ち、栞さんに駆け寄る。まるで、懐《なつ》いた子犬かのように。

一方栞さんは、優しく兎亜さんの頭を撫《な》でる。ほんのりと頬を朱に染めながら。

「しおりんズルいー！　あーしの兎亜ちん盗《と》らないでよー！」

「兎亜は別に恋花のじゃないから」

「いや、あーしのだし。さっき結婚したもん」

「やめて。恋花と結婚したら、構われ過ぎで兎亜が死んじゃう」

「それじゃあ、代わりにしおりんが構ってー！」

軽口をたたき合う恋花さんと栞さん。そして、二人の間で微笑《ほほえ》む兎亜さん。

そんな仲睦《むつ》まじい彼女たちの様子に、俺──成瀬壮真《なるせそうま》は呟《つぶや》いた。

「尊い……！」

教室の隅で、こっそり三人に手を合わせて拝む。

やっぱりいいなぁ。女の子たちがイチャイチャじゃれ合っている様子は。

最近ならば誰だって、女性Vチューバーたちがコラボで仲良く絡《から》んでいるのを見て、「てぇてぇ……！」と感じたことがあるだろう。もしくは、アニメや漫画で女の子同士のやりとりを見て、キュンとしたことがあるはずだ。

それと同じように、俺は彼女たち三人の絡みが好きなんだ。

陽キャギャルの恋花さんに、清楚《せいそ》美人な栞さん。そして、そんな二人に愛されている子犬系ゆるふわ女子の兎亜さん。

学校でも屈指の美少女である彼女たちが、恋人みたいな距離感で、仲良くイチャついている光景。それを見ていると、勝手に頰が緩んでしまう。

「でも、恋花ちゃんと栞ちゃんも、実は相性よさそうだよね？」

「まーね！　あーしたち、いちおー幼馴染《おさななじみ》だし！」

「それじゃあ、試しに占ってみようよ！」

恋花さんのスマホを借りて、相性診断を始める兎亜さん。

「えーっと、栞ちゃんと恋花ちゃんの相性は～……あっ。七十%だって！」

「え～？　七十%～？　なんか思ったより低くない？　しおりん」

「別に……。恋花と仲良くても嬉《うれ》しくないから……」

「はぁ～⁉　ひど～」

「も～、栞ちゃん。そんなこと言ったら恋花ちゃんが可哀想《かわいそう》だよ～」

「ほんとだよー。まぁ、強がりなんだろうけどさー。今の結果も、ちょっと残念そうだったし？」

「ちがっ……！　そんなこと思ってないから！」

栞さんと恋花さんは幼馴染で、いつも軽く言い合いをしている。でもそれは、裏を返せばそれほど距離感が近いということ。結局仲良しなのは明白だった。

「ちなみに、わたしと栞ちゃんの仲は～……やったー！　九十五％ー！　栞ちゃんとも仲良しだね～！」

「もう……。兎亜、やめて。恥ずかしい……」

キャッキャとはしゃぐ兎亜さんに、栞さんが頬を赤らめる。

「あー！　しおりん、あーしより兎亜ちんの方がいいんだぁー？」

「なんでちょっと悔しそうにしてるの……？」

兎亜さんの仲良しアピールに、栞さんが顔を赤くする。そして二人に嫉妬する恋花さん。

そんな彼女たちの尊い戯《たわむ》れ。気づいたら、俺はニヤニヤしていた。

やっぱり良いなぁ……この三人。こんなやりとりを、俺はずっと眺めていたいよ。

「あ、そうだ！」

不意に、恋花さんが声を上げる。

「せっかくなら、皆で行こうよ！　――君と相性占いに！」

「あっ！　さんせ～い！　私、何％かな～？」

「私もいいけど……緊張する」

三人のイチャイチャを楽しみながら、一人でこっそりとニヤけていると。

彼女たちが、なぜかこちらに視線を向けた。そして、全員で歩み寄ってくる。

「あ、あのさ！　ソーマ君も、一緒に占いしない？」

「えっ……？」

顔を赤くした恋花さんが、照れた様子で問いかけてきた。

なぜか、いきなり俺に矛先が向いている。

「な、なんで俺と……？」

「だって、気になるじゃん！　ソーマ君と、どれくらい仲良いのかなって！」

ずいっと身を乗り出す恋花さん。琹さんと兎亜さんも頷《うなず》く。

「私も……成瀬君との相性は気になる」

「そうそう！　皆で診断しようよ〜！」

俺の席を囲むように立つ三人。先ほどまでは女子だけでイチャイチャしていた彼女たちが、今は俺に笑顔を向けていた。

「よ〜し！　誰が一番壮真君との相性がいいか、勝負だよ〜」

「悪いけど、これは負けられないかんね？　絶対百％取る！」

「私だって、自信はあるから」

それぞれに気合いを入れる彼女たち。

その様子は、さっき女子同士で占っていた時より真剣だ。

「ってか、ソーマ君自身は誰と一番仲良しだって思ってるの？」

「えっ⁉」

突然の質問に、驚いて恋花さんに目をやる。

「えへへ～！　もちろん、わたしだよね～？　壮真君とは、最近たくさんお喋《しゃべ》りするもん！」

「待って兎亜。私だって、いつも成瀬君とは一緒にいるから」

三人が、くだらないことで張り合いを始める。

「いやいやー！　一番仲良しはあーしっしょ！　ね？　ソーマ君！」

「わっ⁉」

恋花さんが、いきなり俺の右腕を抱いた。まるで、恋人相手にするように。

「ちょっと、恋花！　そういうの、いきなりするの良くないから」

恋花さんを注意しながら、栞さんが残った俺の左腕を抱く。言動が一致してないんだけども……。

「二人ともずるい～！　じゃあ、わたしはこうだ～！」

最後に、後ろから俺を抱きしめる兎亜さん。

これは……何が起こっているんだろう？

「皆、一番は譲れないみたいだね。じゃー占いで決着つけるよ！　誰がソーマ君の運命の人か！」

なんで彼女たちが、俺なんかを取り合っているんだろう？

「さぁ、壮真君！　わたしに教えて？　生年月日と血液型！」

「絶対、私が一番になるから」

「あ、いや、その……」

待ってほしい……話に追いつけない。俺はただ、彼女たちのイチャイチャを離れて見ていただけなのに。

どうして、俺が挟まれているんだ⁉

第一章　『尊い』は正義

私立、百合ノ宮《ゆりのみや》高等学校。

俺の通うこの高校は、つい最近まで女子高だった。しかし少子化の煽《あお》りを受けて、俺が入学した去年から、共学校になっていた。

とはいえ今でもこの学校には女子が通うイメージが強く、実際女子生徒の方が多い。

そしてそのせいか、この学校ではよく見るのだ。なぜかやたらと距離感が近く、イチャイチャしている女子たちを。

「ちょっと楓《かえで》〜！　この動画見てよ！　ウチのミィちゃんが超面白くて〜」

「ふふっ。瑠香《るか》ちゃん家の猫、可愛《かわい》いね？　でも私は瑠香ちゃんの方が好きだよ？」

「もー、バカ。そういうのいいってば〜」

キャッキャ。キャッキャ。

教室を目指して歩く最中。廊下の向こうから、甘い声でじゃれ合う二人の女子たちがやってきた。彼女たちは仲睦まじそうに、笑顔でギュっと手を握っている。それも、固い恋人繋《つな》ぎで。

　実のところ、珍しい光景ではない。

　元女子高であるためか、この学校にはこういった距離感の近い女子が多いのだ。いわゆる百合というやつだろうか。最初の頃こそ驚いたが、今やすっかり日常の光景。

　この学校は本当にすごい。ただでさえ可愛い女子が多いのに、そんな美少女たちが手を繋いだり、腕を組んだり、時には相方の膝の上に乗ったり、距離感近く接している。

　そして、そんな学校で俺が今。注目している女子たちがいた。

「ねえ、恋花《れんか》ちゃん聞いて聞いて～！」

　教室の扉を開けた瞬間。一人の女子の、高く甘い声が耳に届いた。

　宇佐美兎亜《うさみとあ》さん。ピンクベージュのロングヘアーを携えた、可愛らしい顔立ちの女子。身長は百五十センチほどと小さく、その無邪気な笑顔も相まって幼く見える美少女である。人懐《ひとなつ》っこく、ふわふわしている、俺たちのクラスの愛されキャラだ。

　そして、そんな彼女が話しかけたのは。

「お、なになに？　なんか面白い話ー？」

　早乙女《さおとめ》恋花さん。金色のロングストレートヘアーと、着崩した制服が特徴的な、見ての通りのギャルである。襟のボタンを外したシャツからは白い首元が見えており、スカートは膝どころか太ももが見えそうな程のミニ丈。しかし不良というわけではなく、誰にでも気さくに接してくれる明るく優しい美少女だ。

兎亜さんは当たり前のように、そんな恋花さんの膝の上に乗る。一方で恋花さんもそれを受け入れ、兎亜さんの頭を撫《な》でていた。

「あのね！　この前なんだけど〜。栞《しおり》ちゃんがすっごく可愛かったんだ〜！」

「え、マジ⁉　なにそれー？　聞きたい聞きたい！」

膝の上で甘えながらはしゃぐ兎亜さんと、彼女を愛《め》でる恋花さん。

そんな彼女たちに、もう一人美少女が駆け寄った。

「ちょっ……！　ちょっと待って、兎亜……！」

星宮《ほしみや》栞さん。黒のミディアムヘアーが美しい、落ち着いた雰囲気の女子生徒だ。クラス委員長を務める、いわゆる文学少女といったタイプ。口数が少ないせいか、女子の間では地味な子判定を受けているようだが、その整った顔立ちから男子の間では人気が高い。他の二人とも遜色のない、正真正銘の美少女である。

この三人は、可愛い子が多い我が校の中でも、特にずば抜けた容姿をしていた。

そして俺は、そんな彼女たちの百合絡《がら》みを楽しんでいる。

別に、百合自体が特別好きというわけではない。ただ、彼女たちの関係性が好きなのだ。

一番可愛い女の子たちが、仲睦《むつ》まじくイチャつく様子が。

「お願いだから、この前のことは言わないで……！」

「むきゅっ」

二人の間に割って入り、慌てて兎亜さんの口を塞ぐ彼女。

控えめな栞さんも、仲の良い兎亜さんと恋花さんにだけは、積極的に絡んでいた。

「栞ちゃん？　あれって、言っちゃ駄目だったかな？」

「駄目に決まってるでしょ……！　恥ずかしいから……」

「でも、恋花ちゃんも絶対キュンってするよ～？　栞ちゃんが、ペットショップで二時間も猫をじゃらしてたお話」

恋花さんから遠ざかり、顔を近づけてコソコソ話す栞さんたち。

一方で、取り残された恋花さんは。

「ねえねえー！　二人で内緒話ズルいー！」

すぐ二人のもとへ駆け寄った。

「アタシも入れてよー。こちょこちょこちょこちょー」

「あはははっ！　れ、恋花ちゃん！　やめてっ！　くすぐったい～！」

兎亜さんに後ろから抱き着いて、わき腹をくすぐる栞さん。まるで恋人のように密着した二人が、キャッキャと笑い声をあげる。

しかし、そうなると彼女が黙っていない。

「ちょっと。恋花、そこまでにして」

いつも通り栞さんが、兎亜さんを守るため間に割り込む。

まるで、二人に嫉妬したかのように。

「えー？　ちょっとくらいいいじゃーん。兎亜ちん反応可愛いんだもーん」

「だめ。恋花はいつもやりすぎるから」

そう言い、兎亜さんを引き寄せる栞さん。そして、ジト目で恋花さんに言う。

「あんまり私の兎亜にベタベタしないで」

ポロッとこぼした栞さんの発言。

それに、兎亜さんが目を輝かせた。

「わっ……わー！　栞ちゃんがわたしにデレたー！」

「あ……。いや、ちがっ……！　今のは別に、変な意味じゃ……」

「えー？　違わないよー！　今、絶対デレてくれたもん！　『私の兎亜』って言ったもーん！」

「だから、それは言葉の綾《あや》で……」

照れて赤くなり、誤魔化そうとする栞さん。

だが兎亜さんは構わずに、彼女の胸へ飛び込んだ。

「えへへー♪　わたしは栞ちゃんのものだよー♪」

「……っ！」

無邪気な兎亜さんのじゃれつきに、照れ隠しの言葉も忘れる栞さん。

その様子に、今度は恋花さんが嫉妬する。

「あー！　また二人でイチャついてるー！　それならあーしも、しおりんのものになっちゃおーっと！」

「なっ……バカ！　恥ずかしいこと言わないで！」

兎亜さんの真似《まね》をしてハグする恋花さんに、さらに顔を赤くする栞さん。

教室の隅にある自分の席で会話を聞いていた俺は、たまらず感嘆のため息を漏らした。

いや、違う。俺だけじゃない。

「あ〜。今日も朝から癒やされるな〜。兎亜ちゃんたち、マジで最高だわ」

「うん。この学校に来て本当に良かった……！」

さすがは全学年でもトップクラスの美少女たち。彼女たちのイチャイチャは、数少ない男子たちの目を釘《くぎ》づけにしていた。

「三人とも尊すぎるなぁ……。あんなの、絶対付き合ってるよ」

思わず、心の声が口に出る。

すると――

「いや、間違いなく付き合ってねーよ。普通に考えて友達じゃねーか」

隣に座っていた男子が、呆《あき》れたような声で言う。

笹島稔《ささじまみのる》。この学校では、数少ない俺の男友達だ。やや気だるげな表情で、背もたれに体を預けている。

「稔……なんでそう断言できるわけ？」

「女子ってそういうもんなんだよ。あえて距離感近く接して、カップル感を楽しむっていうかさ。俺の姉ちゃんも、友達とそういう絡み方してたぞ。手を繋いだりハグしたり」

ふわぁ……と、あくび交じりに稔が言う。

「そういうの、リアルにちょいちょいあんだよ。あれは基本恋人ごっこなの。そりゃ、本当に付き合ってる人もいるだろうけど、皆が皆そうじゃねーから。壮真《そうま》のは都合の良い妄想だから」

「でも、あの仲の良さは本当に付き合ってると思うけど。見なよ、あの三人の尊いイチャイチャを」

「だから、それが恋人ごっこなんだっつーの。いわゆる百合ってやつじゃねーから。そもそも、付き合ってたら三人でいるのおかしいだろ？」

「それはほら。複雑な三角関係なんだって。ちなみに俺的には、幼馴染《おさななじみ》の栞さんと恋花さんはカップルとして鉄板だね。でも、だからこそ兎亜さんを応援したい。幼馴染二人から可愛がられている兎亜さんが、どう二人にアプローチしていくのか。これから楽しみで仕方ないからさ」

「なぁ、壮真。お前何言ってんだ？」

呆れたように俺を見る稔。

どうやら、稔に俺と同じ趣味は無いらしい。「現実を見ろよ。三人ともただの友達だって」と、可哀想《かわいそう》な人を見る目で俺を嗜《たしな》めようとしてくる。

なんて、俺たちが話をしていると――。

「何の話してんの？　俺も交ぜてよ」

一人の男子が、女子三人の側《そば》に近づいた。

恋花さんが振り向き、目を丸くする。

「佐藤君……？　別に、大した話はしてないけど……」

「えー？　んなことないっしょ？　楽しそうにしてたじゃん」

「いや、マジで人に話すようなことじゃ……」

盛り上がっていたのに水を差されてしまい、困った様子の恋花さん。兎亜さんも若干オドオドしていて、コミュ障気味な栞さんは二人の陰に隠れてしまった。

一方佐藤と呼ばれた男子は、そんな反応は意に介さず、ヘラヘラした顔を彼女たちへ向ける。

「いーじゃん。俺とも仲良くしようぜ？　せっかくクラスメイトなんだからさ」

出たな……百合《ゆり》の間に挟まる男。

恋花さんたちのような美少女と、仲良くなりたい男子は多い。そういう奴《やつ》らが、隙あらば話しかけようと三人のことを狙っているのだ。元女子高という性質上、異性を狙って入学した肉食系男子だっているし。

「仕方ない」

小さく呟《つぶや》き、立ち上がる俺。

佐藤への怒りを抑えつつ、ゆっくり彼に歩み寄った。

「佐藤くん。悪いけど少し手伝ってくれない？」

「は……？」

間抜けな声で振り向く佐藤。

「実は、歴史の駒沢《こまざわ》先生に頼まれてるんだ。社会科準備室の机を全部、空き教室に移してくれって。一人じゃキツイから手伝ってほしい」

「いや、なんで俺が？」

「佐藤くんは頼りになる男だって聞いたから。困っていたら助けてくれる、すごく優しい奴だって」

「はぁ……？　誰がそんなこと……」

言ってない。でもこう言われれば、女子の手前断り辛《づら》いだろう。まぁ頼まれごと自体嘘《うそ》なんだけど。

加えて俺は畳みかける。

「とにかく頼むよ。時間が無いから」

「おいちょっと、待てって！　腕引っ張んなよ！」

やや強引に。しかし可及的速やかに、この男を三人から遠ざける。百合に挟まる愚か者を、人気のない廊下へ連れ出した。

すると、佐藤が怒鳴りつけてくる。

「お前なぁ！　今俺、女子と話ししてたんだぞ！　もっと空気を読んでくれよ！」

「それはこっちのセリフだ、馬鹿」

おかえしとばかりに、俺は佐藤を睨《にら》みつけた。

「っ……⁉」

「強引に話へ割り込んでいくなよ。三人とも嫌がってただろ？」

俺の強い怒気に当てられたのか、「わ、分かったよ……」と頷《うなず》く佐藤。彼はそのまま逃げるように、どこかへ走り去っていった。

「ふぅ」

人が楽しく話しているところに、親しくもない人間が割り込むなんてマナー違反だ。ましてや、話しているのが女子たちなら尚更《なおさら》。

女の子同士が可愛《かわい》くはしゃいでいるところに、男が交ざってきたら興ざめだ。女の子たちが怯《おび》えてしまう恐れもあるし、男は不用意に女子へ近づくべきではない。

もちろん、俺自身も彼女たちの間に挟まるようなことはしない。彼女たちに迷惑をかけたくないし、水を差さずに三人のイチャイチャを眺めていたいから。

「さて……トイレに行ったら教室戻ろう」

また恋花《れんか》さんたちに近づく男子がいるかもだしな。俺がしっかり見守らないと。

彼女たちの百合を堪能《たんのう》しながら！

※

――壮真が去った直後。教室では。

「あぁー、疲れた。佐藤のやつ、あんなグイグイ来られてもなー」

「あはは……ちょっと困っちゃったよね～」

「もう無理……疲れた……」

「いや、しおりんはビビりすぎー。ただのコミュ障じゃん」

「だって……仲良い人以外、なに話せばいいか分からないから……」

「でも、壮真君のおかげで助かったね！」

「ほんとそれ。ってかさ、ソーマ君メッチャ優しくない？　あーしたちが男子に絡《から》まれてる時、いつもそれとなく助けてくれるし」

「わたしたちの時だけじゃないよ！　他の女の子たちが困ってる時も、男子を遠ざけてるの見たもん」

「あー。グイグイ来る男子がウザイって子、かなりいるもんねー。それを察して、気を利《き》かせてくれてるんかな？」

「きっとそうだよ！　いつも周りに目を配ってくれているみたい。それにね？　自分からは女の子に話しかけないの！」

「下心ないとか最高じゃん！　がっつかない感じ、チョー素敵‼」

「女子としては、キュンときちゃうよね～！」

「…………」

「あれ？　しおりん、どしたん？」

「……成瀬君、好きな女の子はいないのかな……？」

「えっ⁉　栞《しおり》ちゃん、壮真君のこと好きになったの⁉」

「うわ、マジ⁉　しおりん初恋じゃん！　初恋！」

「ち、ちがっ……！　そういうことじゃなくて！　成瀬君自身は、女子に興味ないのかなって……。他の男子は、基本的にアピールが激しいから……」

「あー、たしかに。もしかして、ソーマ君って男子が好きな子？」

「そんな様子はなさそうだけど……」

「でも、しおりんだって男子よりも兎亜《とあ》ちん好きじゃんね？」

「友達として好きなだけだから。性的な目では見てないから」

「マジ？　兎亜ちんに失礼じゃね？　こんな小《ち》っこくて可愛いのに。うりうり」

「きゃん！　あははははっ！」

「気安く兎亜をくすぐらない。あと、性的に見る方が失礼でしょ」

「でも……わたしもちょっと気になっちゃうかも。壮真君、どんな女の子が好きなんだろうね？」

「もしかすると、もう付き合ってる人がいるのかも……。だからクラスの女子には興味がないとか……」

「えー！　それなんかメッチャ残念ー！　なんかソーマ君は取られたくないー！」

「正直ちょっと分かるなぁ〜。壮真君みたいな人、他にいないもんね」

「大分モテそうだとは思う。私も……少し残念だけど」

「うーん。チャンスがあったら、もっと仲良くなりたいなー」

※

百合を襲うピンチは何も、挟まろうとする男だけじゃない。時には彼女たちが自分で問題を作ってしまうこともある。

「ねぇ、なんでそんなこと言うの⁉　そこまでキツく言うことないじゃん！」

「恋花がだらしないからでしょう」

それは、とある朝のこと。

俺がいつも通り教室に来て、稔《みのる》と無駄話をしていると。

恋花さんと栞さんが、喧嘩《けんか》しながら登校してきた。

「いつもいつも寝坊ばっかりして……おかげで今日も遅刻ギリギリ」

「だからごめんって言ったじゃんー！」

「謝るだけで全然反省してないじゃない。起こす私の身にもなって」

なるほど。話を聞く限り、恋花さんのだらしなさに栞さんがキレてしまったみたいだ。

そして激しい言い合いになったと。

いや、でも待って。

「稔！　栞さんって、毎日恋花さんを家まで起こしに行ってるみたいだ！　めちゃくちゃ仲良くない⁉　やっぱりアレは両思いだって！」

「そんなこと言ってる場合じゃないだろ……」

呆《あき》れる稔の指摘通り、二人の言い合いは次第にヒートアップしていく。

「何回繰り返せば気が済むの？　宿題だって毎回私が見せてるし……少しくらいは自立してよ！」

「自立してるもん！　宿題だって、三回に一回は自分でしてるし！　あとの二回は手伝ってよ！　ケチー！」

「そっちが図々《ずうずう》しいだけだから！　もう恋花なんか、起こしてあげない！」

プイっと、互いに顔をそむける二人。

今回の言い合いはいつもより激しい。あまりの激しさに、いつもは二人を仲裁してくれる兎亜さんが、オロオロしてしまっているほどだ。

この二人の喧嘩自体は、なんでもない日常茶飯事である。

何事にもキッチリしていて真面目な栞さんに対して、だらしなさの目立つ恋花さん。そんな二人が一緒にいれば、衝突が起きないほうがおかしい。

でも今回は、よりエキサイトしていた。

「なんか……さすがにヤバいかもね。これ」

「そーか？　起こしてあげないって言ってるだけだぞ？」

稔は楽観的にとらえているが、俺としては心配だ。

元々正反対の二人が本気の喧嘩をしてしまったら、仲直りのハードルが高そうである。

特に栞さんは立場的に、自分から謝るのは難しそうだ。

栞さんは普段、大人しくて地味な性格のため、男子に人気の美少女なわりに女子の中では立場が弱い。しかし幼馴染《おさななじみ》である恋花さんに対してだけは、強く出ることができるのだ。仮に攻め受けでいうなれば、栞さんが攻めで恋花さんが受け。

普段恋花さんに苦言を呈する立場上、自分から下手には出にくいだろう。

恋花さんも大分意地になっている様子だし、仲直りは難しそうだ。

「もしかしたら、このまま二人が別れちゃう可能性だってあるかも……」

「別れるとかは意味わかんねーけど。まぁ、疎遠になったりはするかもな」

「それは困る……。ここは一肌脱がないと」

彼女たちの百合《ゆり》を見守る者として、この喧嘩はちょっと見過ごせない。

それに、これはむしろチャンスかもしれない。

この幼馴染の仲をより深め、より可愛いイチャイチャを見るためのの。

※

「宇佐美《うさみ》さん。少しいい？」

「あ、うん。なにかな、壮真君」

放課後の図書室。

俺は返却された本を棚に戻しながら、隣の兎亜さんに話しかけた。

俺と彼女は同じ図書委員。そして今日はタイミングよく、俺たち二人で当番の日だ。

「今の本、戻す棚間違ってたよ。ミステリー系は隣の棚だから」

「え……？　あっ！　ごめんね！　そうだった……」

本を入れ直し、ため息を一つ。物憂《ものう》げに俯《うつむ》いてしまう兎亜さん。

「大丈夫？　今日は元気がないみたいだけど」

「う、うん。大丈夫だよ。ちょっと考えごとをしてただけで……」

「もしかして恋花さんたちのこと？　さっき喧嘩してたみたいだけど」

兎亜さんの手がピタリと止まる。

普段は事務的な用事以外で話すことはないのだが、今回は非常事態だからな。詳しく話を聞かせてもらおう。

「うん……。実は、それが気がかりで……。わたし、高校で二人と知り合ったんだけど……あんなに激しい喧嘩は初めてだから」

「ちなみに喧嘩の原因を聞いても？」

「うん……」

三人はいつも待ち合わせをして、仲良く皆で登校してくる。

そんな兎亜さんの話によると、やはり喧嘩のきっかけは恋花《れんか》さんの生活態度だったようだ。何度注意しても遅刻はするし宿題は忘れる。おまけにヘラヘラ笑っている。その態度に、栞さんがついに爆発したという。

だとすれば、話は早い。

「あ〜あ……。二人とも、どうしたら仲直りしてくれるんだろう？」

「そうだなぁ。すぐには難しいかもしれないね」

「やっぱり、そっかぁ……。なにかできることはないかなぁ……」

「う〜ん……気休めでもいいなら、おまじないを一つ知ってるけど」

「おまじない？」

兎亜さんが可愛《かわい》らしく小首をかしげる。

「うん。仲良くなるためのおまじないだよ。元々は、素直に謝れない女の子たちが、自分の気持ちを示すために始めたことが広まったみたい」

「えっ！　それ、二人にピッタリかも！　恋花ちゃんたちも、意地っ張りなところあるもんね！」

かかった。

「素直に謝らせようとするより、そのおまじないを二人に教えるのがいいと思うよ」

「そうだね！　きっと二人も、仲直りしたがってるだろうし……明日わたしから伝えてみるよ！」

よしよし……期待通りの反応だ。

俺が直接琹さんたちに『仲直りのおまじない』を教えたら、俺が目立ってしまうから。

兎亜さんから二人へ伝えてもらいたい。百合を見守る男たるもの、陰での暗躍が相応《ふさわ》しい。

そしてこの『おまじない』は、仲直りをさせることだけが目的じゃないんだ。

尊い二人を眺めるための作戦でもある！

「それで、おまじないの内容は？」

「うん。それは、仲良しの証《あかし》に『――』を交換することだよ」

※

「まったくもー！　マジ最悪！」

琹と喧嘩をした翌日。

恋花は昼休みの保健室で、濡《ぬ》れた服を拭いていた。

「あーもう……こんなことになるなら、保健委員なんてなるんじゃなかった……！」

びしょ濡れになったシャツとネクタイを、タオルでゴシゴシと拭く恋花。下着に包まれた豊満な胸が、シャツ越しに透けてしまっている。

こうなったのも、保健委員の仕事のせいだ。

保健委員には、定期的に水質検査の仕事がある。水道の水に異常がないか、専用のキットでチェックするのだ。

そのために各階で蛇口の水を採取する際、一か所だけ変な蛇口があった。

誰かの悪戯《いたずら》か、蛇口がテープで塞がれていたのだ。そのせいで水を出したときに水流が恋花の方へ飛び、彼女のシャツとネクタイをびしょ濡れにした。

「あ～も～、誰だぁー！　あんな幼稚な悪戯するやつはぁー！」

顔を赤くし、保健室で一人叫ぶ恋花。

やり場のない怒りに苛《さいな》まれながら、替えのシャツとネクタイを探す。

「あ～あ。あーし、マジでツイてないわ～。おまけに、しおりんとは喧嘩したままだし」

ため息交じりに恋花は呟《つぶや》く。

二人はまだ昨日の喧嘩を引きずっていた。今日は一言も口をきいていないし、栞《しおり》が怒っているのは明らかだ。

しかし、怒っているのは恋花も同じ。

「確かに元はあーしが悪いけど、あんな厳しく言わなくてもいーじゃん……！」

拗《す》ねたように頰を膨らませる恋花。水を被《かぶ》った怒りが、栞への怒りに書き換わっていく。

だが、それも束《つか》の間《ま》だった。

「分かってるもん……あーしが悪いってことくらい……」

再びため息を一つつく。そして、涙の滲《にじ》む声で言った。

「どーせ……謝っても許してくれないよね……」

いつもお小言を言う栞でも、あそこまで本気で怒ることはそうない。きっともう栞は、本気で自分の顔など見たくないのだろう。そんな暗い思考が恋花を覆う。

そう考えると、素直に「ごめん！」と謝ることも憚《はばか》られた。明確に拒絶されるのが怖くて、顔を合わせる気になれない。

それに栞と顔を合わせたら、また言い合いになってしまう気もする。

唯一謝る方法があるとすれば……今日兎亜《とあ》から聞いた『仲直りのおまじない』くらいだろう。

でも、それだって勇気が必要だった。

『アレ』を交換するなんて、普通はしないことだから。

「はぁ……。早く戻らなきゃ」

休み時間はもうすぐ終わる。滲んだ涙を手で拭い、急いで替えのシャツを探す。保健室には予備の制服があったはずだ。

ほどなくして、ベッド下に収納された衣装ケースを発見した。

「あれ……？　シャツしかないや。ネクタイの替えはないのかな……？」

衣装ケースを物色する恋花。

その時。保健室の扉が開いた。

「恋花っ！」

「うわっ⁉　なにっ⁉」

突然の声に慌てて振り向く。

その瞬間。男子かと思い身構えた恋花の警戒が、違う種類の緊張に変わった。

「し、しおりん……⁉」

血相を変えた栞がそこに立っていた。

「なんでここに……？」

「クラスの女子から、アンタが保健室に行ったたって聞いたから……。どこか怪我《けが》したの？　大丈夫？」

不安そうに駆け寄る栞。

急に距離を詰められて、恋花の顔が赤く火照《ほて》る。

「だ、大丈夫だって！　シャツが濡れて、体を拭きに来ただけだから！」

「え……？　なんだ、よかった……」

心の底から、ほっとした様子の栞。

一方で、恋花はむず痒《がゆ》い気持ちになる。

「そ、それより！　あーし今から着替えるから！　出てって！」

「別に恥ずかしがる必要ないでしょ。恋花の着替えとか、気にしない」

「こっちは気にするっつーの、バカ！　見られてるとなんか落ち着かないじゃん！」

急いで替えのシャツを手にする恋花。替えがなかったネクタイだけは、濡れた物を使うしかなさそうだ。

「待って」

栞が声を上げる。

「それ。ネクタイも濡れてるんでしょう？」

「そうだけど、なに⁉」

恥ずかしさと気まずさから、つい強い言葉が出てしまう。

あーあ……やっぱあーしって駄目だ。謝りたいって思っていても、つい、攻撃的な言い方になっちゃう。強い言葉で、弱い自分を覆い隠そうとしちゃう。せっかく栞は心配して、ここまで来てくれたみたいなのに……。

なんて、自己嫌悪《けんお》に沈んでいると。

栞が自らのネクタイをほどき、それを恋花へ差し出した。

「え……？」

いきなり何をしているのかと、恋花がその目を丸くする。

一方栞は、まっすぐ言った。

「これ……。私のネクタイ、使っていいから」

その言葉に、思い出す。

今朝。登校した後に兎亜から聞いた、仲直りのためのおまじないを。

『お互いのネクタイを交換すると、絶対に仲直りできるらしいよ！』

そんな方法があるのかと、驚きながらも実行できなかったおまじない。

それを今、逆に提案されている。

「そ、その代わり……恋花のネクタイ、もらってもいい？」

照れくさそうに俯く栞。様子を見るに、おまじないのことを知っている。

つられたように、恋花も俯く。

「いや、でも……あーしの、濡れちゃって……」

「別に、いいから……。早くして」

「えっ？　きゃっ！」

栞が、恋花の肩を押す。

突然のことに対応できず、されるがままに上半身を倒した恋花。結果、仰向けでベッドへ転がる。

「私に頂戴……あなたのネクタイ」

「っ……！」

倒れた彼女の上に乗る栞。その体は嘘《うそ》みたいに軽くて、恋花の頭に「こいつ妖精か？」と疑問が浮かぶ。一方で栞は、綺麗《きれい》な瞳で恋花をまっすぐ見下ろしている。

恋花はとっさに胸元を隠した。今はシャツが濡れて、ブラが透けてしまっているのだ。同じ女子でも、見られるのは少し恥ずかしい。

しかし栞は構わずに、恋花の首元に手をやった。

彼女の華奢《きゃしゃ》で綺麗な指が、濡れたネクタイをシュルシュルとほどく。

「し、栞……！」

「黙って」

濡れたネクタイを取り去る栞。

そして彼女はその代わりに、自身のネクタイを握らせた。

「ネクタイ……私たちの、交換していい……？」

掠《かす》れたような弱い声。

まるで怯《おび》えているかのように、栞が恋花《れんか》へ問いかけた。

その姿に、恋花はピンとくる。栞も、自分と仲直りをしたかったんだと。ずっと自分と同じ気持ちでいたんだと。

「……うん。ありがと、しおりん」

恋花は栞からネクタイを受け取る。次いで、囁《ささや》くような声で言った。

「いつも……わがまま言ってごめんね？」

「私も……つい、言い過ぎてごめん」

やっと言えた。

これでやっと、栞と仲直りができる。

胸のつかえが取れた嬉《うれ》しさに、勝手に笑みが浮かびそうになる。栞も同じ気持ちなのか、いつもより表情が柔らかく見えた。

恋花たちはほのかに笑い合い、同じ喜びに浸り合う。

と、その時。

なぜか栞が恋花に跨《また》がったまま、自らのシャツを脱ぎ始めた。

「え？　ちょっ、しおりん⁉　なんでボタンを──！」

「ついでに、シャツも私の使っていいから」

「は⁉」

「そのままじゃ下着が透けるでしょ？　私は下に体操服を着ているから」

胸元のボタンが外れ、栞のシャツがはだけてしまう。

意外に恋花よりも大きい胸と、それを包むセクシーな黒色のブラが露《あらわ》になる。

傷一つない純白の胸が作り出す谷間は、女の恋花から見ても綺麗で、思わず視線が吸い寄せられた。恋花は昔から知っていたが、栞の肌は本当に綺麗だ。

いや、今はそんなのどうでもいい。

はたから見れば、栞が恋花を押し倒し、いかがわしいことをしている状況。誰かが入ってきたらまずい。

「ちょっ、こら！　やめろぉ！　シャツはあるから！　保健室に予備が！」

「え？」

ベッド下から取り出した衣装ケースを指さす恋花。

栞《しおり》が、キョトンと目を丸くする。

「……あ。そう……」

恋花から離れて、小さく言う。

早とちりで下着をさらしたことに照れたのか、慌てた様子でボタンを戻す。

そんな彼女に、今度こそ恋花は笑い声をあげた。

※

「あぁ……てぇてぇ……！」

恋花さんの笑い声を聞きながら、俺は一人で呟《つぶや》き頷《うなず》く。

俺は廊下で、保健室にいる二人の声を聞いていた。

姿こそ見えないが、彼女たちは今お互いのネクタイを交換して着けているだろう。想像するだけで、胸がキュンとする思いだ。

誰にも知られず、こっそりネクタイを交換している百合《ゆり》カップル。『常に相手の一部を身に着ける』という究極のイチャつきを成しながら、それを周りに見せびらかさない。愛する少女たちの、二人だけの秘密。これ以上尊い絡《から》みはないだろう。

「しかし、うまく仲直りしてくれてよかったよ」

兎亜《とあ》さんに仲直りのおまじないを伝え、二人がネクタイを交換しやすいように蛇口の悪戯《いたずら》をした甲斐《かい》があった。これであの二人はこれからも、仲良くイチャイチャするはずだ。お互いのネクタイを身に着けながら。

「やっぱり、あの二人は尊いなぁ」

俺は満足感を噛《か》みしめながら、一足先に教室へと戻った。

※

「壮真《そうま》君、すごいよ！　ありがとう！」

放課後の図書室。

俺が委員会の仕事をしていると、兎亜さんが話しかけてきた。

「恋花ちゃんたち、あのおまじないのおかげで仲直りできたみたいなの！　壮真君の言った通りだったよ！」

「そっか。役に立てたなら良かったよ」

実は陰で様子を見ていたわけだが、それを公言するわけにもいかない。極めて自然に相《あい》槌《づち》を打つ。

「あの二人、今日は特に仲良しだったんだ～。授業の時以外、ずーっと恋花ちゃんが栞ちゃんにくっついててね？　ほんと、元の二人に戻ってよかった～」

「はは。それは微笑《ほほえ》ましいね」

もちろんそれも見てたから知ってる。いつもならベタベタする恋花さんに、栞さんがキツイ言葉で拒絶するとこだが……今日は一切その様子がなかった。

栞さんも今は、恋花さんとイチャイチャしていたいのだろう。死ぬほど尊い。

「この後も、今日は二人で一緒にクレープ屋さんに行くんだって。あ！　ほら！　ちょうど外にいる！」

兎亜さんにつられて窓を見る。

校庭では、例の二人が身を寄せ合って歩いていた。恋花さんが、栞さんの腕を抱く形で。

「本当に二人は仲が良いんだね」

「ね～！　あんな喧嘩《けんか》してたなんて思えないよ～。午後の体育の授業でもね？　二人ともすっごく可愛《かわい》かったんだ～」

貸し出しから戻ってきた蔵書を本棚へと戻しつつ、ぴょんぴょんと飛び跳ねるように語る兎亜さん。

「今日はバレーだったんだけど、あの二人が同じチームでね～。休憩中に恋花ちゃんが栞ちゃんのお膝を枕に休みだしたの～。栞ちゃんも、全然文句言わなくて～」

なんてことだ。それは素晴らしい。

男子が校庭でマラソンなんかしている間に、そんな大事件が起こっていたとは。

「ね～。あの二人、可愛いよね～！　きっと目に刺しても痛くないよ～！」

「目に入れても、が正しいかな。刺したらさすがに痛そうだから」

もっとも、二人の可愛いエピソードを嬉々《きき》として話す兎亜さんも、死ぬほど可愛いものがある。自分の彼女を自慢している女の子みたいで、尊すぎた。

俺にとって兎亜さんは、百合ワールドを盛り立ててくれる非常に大切な存在だ。

女の子が二人いたらただのカップルだが、三人いればドラマが始まる。関係性が盛り上がるには、やはり彼女の存在は不可欠だ。

いつも若干能天気というか、アホの子っぽいのも可愛らしい。なんというか、応援したくなる女の子である。兎亜さんは、いわゆる『推し』の女子だった。

「でも、せっかく仲良しに戻ったんだから、わたしも色々お話ししたいな～」

ふと、兎亜さんが窓の外の二人を眺めて呟く。

「わたしも一緒に、クレープ屋さん行きたかったなぁ……」

そうか……。恋花さんたちが喧嘩してる間、辛《つら》かったのは当人たちだけじゃない。二人と仲の良い兎亜さんも、寂しい思いをしたはずだ。

それに何より、二人が好きな彼女としては、恋花さんと栞さんのイチャイチャを眺め続けるのも辛いだろう。

「あのさ……今日は俺一人で十分だから。二人と一緒に帰りなよ」

気づいたら、そう口に出していた。

「えっ……？」

「二人と一緒にいたいんでしょ？　ゆっくり話してくればいい」

「い、いいよ～！　そんなつもりで言ったんじゃないもん！」

両手をブンブン振りながら、子供のように否定する兎亜さん。

そんな彼女に、言い聞かせる。

「俺は大丈夫。大した仕事は残ってないから。それより俺は、兎亜さんが一人で残される方が心苦しいし」

今回の喧嘩の件で、幼馴染《おさななじみ》カップルの絆《きずな》は深まっただろう。そのせいで相対的に、兎亜さんは一歩負けている。

委員会の当番なんかにかまけて、これ以上出遅れてほしくない。

「とにかく、仕事は一人で十分だから」

「で、でも……」

「早くしないと、二人とも先に帰っちゃうよ？」

恋花さんたちは、どんどん校庭へと近付いていく。

その様子に、兎亜さんは「うぅ……」と逡巡《しゅんじゅん》する。そして、すぐにキッとした目つきになった。

「ごめん壮真君……今度必ずお礼するからね！」

「いや、いらないから。忘れてほしい」

お礼なら、栞さんたちとの絡みが見られれば十分だ。

「壮真君……すごく謙虚なんだね。なんかやっぱり珍しいかも」

「珍しい？」

「うん。他の男子は、あんまりそういう感じじゃないから」

兎亜さんがスクールバッグを手にする。

「本当にありがとう！　わたし、追い付くように走ってくね！」

そして彼女は、急いで二人のもとへ向かった。

窓の外を観察していると、すぐに兎亜さんが現れる。彼女は栞さんたちが校門を抜ける直前に追い付き、腕を組む二人へ突撃した。

当然声は聞こえないが、その様子からとても仲良さげなのは伝わってくる。

あんなに仲の良い幼馴染ケンカップルに、物おじせず飛び込むとは……。すごいな。

どうやら兎亜さんは、ただの『愛され系ふわふわ女子』ではなさそうだ。もしかしたら、恋愛では積極的に攻めるタイプなのかも。

最終的に彼女たちの関係がどうなるか、まだまだ楽しめそうである。

「うん。これからの動向は要チェックだ」

さて、あとは仕事を片付けないと。

綺麗《きれい》な百合を咲かせるのも一筋縄ではいかないな。

※

——兎亜が二人に追いついた後。

「おーい！　恋花《れんか》ちゃん！　栞ちゃーん！」

「あれ？　兎亜ちんだー！　やっほー！」

「兎亜、今日は図書委員の当番じゃないの？」

「そうだったんだけど、壮真君が引き受けてくれたの。わたしが二人と帰れるようにって！」

「え、マジで？」

「わたしが恋花ちゃんたちと帰れなくて残念そうにしてたから、気を遣ってくれたみたい！　さすがに遠慮したんだけど、『二人で十分だから』って！」

「なにそれ、すっごい優しいじゃん！」

「成瀬《なるせ》君、やっぱり紳士的なんだ。そんな男子がいるなんて驚き」

「ねー！　あーしたちの兎亜ちんが世話になるとは……。今度落とし前つけてあげないとね！」

「それ使い方間違ってるから……」

「でもねでもね！　お世話になったの、実はわたしだけじゃないんだよ？」

「え？　どゆこと？」

「二人が仲直りできたのも、壮真君のおかげなの！　わたしが二人に教えた『ネクタイを交換したら仲直りできる』っていうアドバイス、もとは壮真君から聞いた話だから！」

「え？　成瀬君が？」

「うん！　わたしが困っていたら、アドバイスをくれたんだ〜！」

「マジか……！　ソーマ君、マジでいい人過ぎじゃない？　昨日も男子が来たとき助けてくれたし……ヤバ、なんかマジで惚《ほ》れそうかも……」

「あ～。恋花ちゃん、顔真っ赤っかだよ～？」

「え、マジ⁉　恥ずっ！　でも、ソーマ君めっちゃいい人だもん！　もっと仲良くなりたいよね？」

「うん！　わたしも、どんな人か色々知りたいなぁ～」

「それなら、私も……」

「おっ、しおりんも⁉　珍しー！」

「意外だね～！　男子は苦手だと思ってたよ～」

「別に……私だって、友達は欲しいし……」

「え～？　友達ぃ～？　ほんとはソーマ君、好きなんじゃないのぉー？」

「つねるよ……？」

「ひっ⁉　やめてぇ！」

「あははっ。恋花ちゃん、からかっちゃダメだよ～」

「ごめんてー。とにかく、今度から色々話しかけてみようよ。ソーマ君のこといっぱい聞いちゃお！」

第二章　咲き誇れ、百合《ゆり》の花

週明けの月曜日。

朝のホームルームが終わってすぐ、俺は女子から声をかけられた。

「ねーねー、ソーマ君！　ちょっといーかな？」

見ると、恋花さんが笑顔で俺の席へ寄ってきた。

「えっと……どうかした？」

緊張で声が上擦ってしまう。

恋花さんから話しかけられるなんて、これまで一度もなかったことだ。学年トップクラスの美少女からの呼び出しに、何の話かと身構えてしまう。

「実は今日、あーし日直でさー。この課題集を職員室まで運ぶように、先生から頼まれたんだけど……」

教卓を見ると、分厚い課題集が積まれている。担任の国語教師に提出するため、さっき集められたばかりのものだ。

「重くて一人じゃ運べそうにないから、男子に手伝ってもらいたくてさ！　もしよかったら、頼めないかな？」

お願い！　と、両手を合わせて頼む恋花さん。

そういうことなら仕方ない。

「分かった、手伝うよ。この課題集重いからね」

「やったー！　メッチャ助かるー！」

俺は基本、自分から女子に近づくことはしない。でもこうして頼まれれば話は別だ。

早速課題集を二人で分ける。そして職員室へ向かおうとした。

だが……。

「ん～っ……！　これ、やっぱ重い……！」

恋花さんが、課題の重量に苦戦する。どうやら半分でもやや厳しいらしい。

「大丈夫？　もう半分持つよ。俺はまだまだ余裕あるから」

「マジで!?　ちょー優しいじゃん！　いや、でもさすがに悪いしなぁ……」

どうしようか迷う恋花さん。すると彼女の名前を呼ぶ声。

「恋花ちゃ～ん！　わたしたちも手伝うよ！」

「恋花、力仕事苦手でしょ？」

恋花さんの苦戦する姿を見てか、兎亜《とあ》さんと栞《しおり》さんがやってきた。

「ありがとー！　マジ感謝ー！」

さすがは仲良しグループだ。恋花さんの窮地に、二人ともすぐに駆けつけてきた。この絆の強さがなんだか嬉《うれ》しい。

あれ……？　でもこれって俺、邪魔じゃないかな？　彼女たちが仲良く課題を運ぶなら、俺はいないほうがいいんじゃないか？

とはいえ、さすがに「じゃあ、俺は抜けるわ」とは言い出しにくい。それはそれで感じ悪いし。

「恋花ちゃんの方はわたしが持つから、栞ちゃんは壮真《そうま》君のを手伝ってあげてー！」

「うん。分かった」

あ……。迷っている内に、四人で運ぶことに決まってしまった。

まぁいいか……。彼女たちの邪魔をしないように、黙っていればいいだけだろう。

「えっと……成瀬君、半分もらっていい？」

「あ、うん。ありがとう」

何気に、栞さんと話すのもこれが初めてだ。彼女は緊張で硬くなっている様子。おまけに人見知りなせいか、顔もうっすら赤くなっている。

そんな照れ顔の可愛《かわい》さには、俺も少し緊張してしまう。

その後、俺たちは廊下を歩いて職員室へと向かっていく。

「いやー！　皆、ありがとう！　特にソーマ君、頼んじゃってごめんね？」

「いや、これくらい何でもないから」

「でも、ソーマ君力持ちだね！　最初、半分持っても平気そうだったし！　あーしは四分の一が限界だもん」

「男子だったらこれくらいは持てるよ。特別力があるわけじゃないし」

「それでも、女子からしたらチョー頼もしいって！　ねぇ、しおりん？」

「うん。私も、半分は持てないから。成瀬君は……すごいと思う」

「あ、ありがとう」

なんか、こうして褒められるとむず痒《がゆ》いな。

しかも、なぜか俺を中心に話題が展開されてる気がする。

多分三人とも、俺に気を遣ってくれているのだろう。でも、そんなの必要ないよ？　いつも通り三人で仲良く話してくれれば、俺はその方が嬉しいから。

「えっと……成瀬君」

「ん？」

「ついでに私からも、一つお願いしてもいい……？」

「お願い？」

栞さんの疑問に、首を傾《かし》げる。

「クラス委員長としての仕事で、一つ聞きたいことがあって。普段、学校で男子が困っていることがないか……」

「あー、なるほど」

ウチの高校は、俺たちの代から共学になった。その分少数派の男子生徒から、たまに生活に関する不満の声が上がるのだ。例えば、男子トイレの数を増やしてほしい、とか。

栞さんはクラス委員長として、そのあたりの調査を先生に任されているのだろう。

「成瀬君は、何か困っていることとかある？」

「うーん。俺は特にないかな」

困るどころか、かなり楽しませてもらっているから。栞さんたちのイチャイチャに。

「むしろ、こっちが迷惑かけてないか心配なくらい。共学になって男子が来たせいで、女子も何かと苦労することがあるだろうし」

ここが女子高のままだったら、栞さんたちも男子たちに邪魔されそうになることもなく、もっと平和にイチャつけていたことだろう。

「もしも男子がいるせいで、困っていることがあったら本当にごめん。そういう時は俺に言ってほしい。できる限り何とかするから」

仲の良い女子たちの絡《から》みを守るためなら、俺は何でも協力したい。

そう思って提案をすると、女子たちは目を見開いた。

「ソーマ君……なんか、マジで優しいよね」

「え？　そうかな？」

「そうだよ！　あーし、何か一つくらいは文句か要望あると思ってた！」

「私も、男子は居心地が悪いものかと……」

「ここで逆に謝るのって、壮真君が優しい証拠だよね」

女子三人から称賛の嵐。なんか、この子たちは俺をほめ過ぎじゃないか？

「いや、本当に毎日充実してるから。今のクラスにも満足してるし」

「マジ？　嬉しいー！　まぁ、あーしよく盛り上げ上手って言われるし？」

「恋花《れんか》。あんたが楽しませてるわけじゃないから」

「あはは。わたしたち、男子と話すこと少ないもんね～」

まぁ実際、恋花さんたちの百合絡みを見て満足しているわけではあるが。

でも、今の発言はちょっと安心だ。彼女たちが普段から、男子とは距離を置いてるということだから。

「たしかに！　あーしたち、男子と話すの珍しいよね！」

「うん！　壮真君が初めてだもん！」

「成瀬《なるせ》君なら、話しやすいかも」

「そ、それはどうも……」

その気持ちは嬉しいけど、彼女たちにはこれまで通り、女子だけで仲良くしてもらいたいな。

と、思っていたわけだけど。

この日以降、俺は恋花さんたちから話しかけられるようになった。

※

「ソーマくん、うぇーい！」

「うわっ⁉」

学食にて。

券売機の列に並ぶ俺へ、恋花さんが声をかけてくる。

「ソーマ君も今日学食なんだー？　何食べるのー？　日替わり定食ー？」

「あ……まだ、決めてないけど……」

「ここの日替わり美味《おい》しいんだよねー！　特に今日って金曜じゃん？　油淋鶏《ユーリンチー》がもうバリ旨《うま》でさー！　食べたことないなら試してみなよー！」

ギャルらしい高いテンション＆マシンガントークで、俺を圧倒する彼女。

恋花さんが自分から男子に話しかけることって、あんまりないはずなんだけどな。

もしかして……俺が学食に一人でいるのを見て、気を遣ってくれたんだろうか？　恋花さん、思った以上に優しいんだな。

とはいえ彼女には、俺よりも他の二人と話していてほしい。

「ところで、栞さんと兎亜さんは？」

今日も尊いイチャイチャを見せてくれ。そんな願いを込めて問いかける。

「んー？　二人なら、ほら。あっちにいるよー」

指さしたのは、隣の券売機。そこに、兎亜さんと栞さんが並んでいた。

ちょうど兎亜さんの番が来て、券売機に小銭を投入。そして、上の方のボタンを押そうとするが……。

「ん～……ん～……！　届かない……！」

背の小ささゆえ指が届かず、プルプルと震えながら背伸びをしていた。

つま先立ちをし、懸命に指を伸ばす兎亜さん。なんというか、小動物感がすごい。

「うぅ～……もう少し……！」

しかしそれでもボタンには届かず、ぴょんぴょんとその場で飛び跳ねる。なんだか守ってあげたくなった。

「うわ、何あれ。メッチャかわよ」

なんて言いながら、スマホで動画を撮る恋花さん。

気持ちはわかる。でも、助けてあげた方がいいんじゃゃ？

「もう……しょうがないなぁ。兎亜は」

俺の疑問に応えるかのように。

後ろにいた栞さんが、彼女の代わりにボタンを押した。

「あっ、栞ちゃん！」

「こういう時は、無理せず私を頼っていいから」

「えへへ……栞ちゃん、ありがとう！」

「ちょっ、ちょっと……そんなに近づかないで……」

うん。やはり尊い。

頼りになる栞さんが、ゆるふわな兎亜さんを助ける構図。そして兎亜さんの可愛らしさに、クールな栞さんがほだされていく。

やっぱり、この二人の組み合わせはいいなぁ。

「おー。しおりん、やるねぇ。カッコいーよー！」

「恋花も、見てたなら早く助けてあげて。動画なんか撮っていないで」

「でも、あのままずっと見てたくなんない？　兎亜ちんが背伸びして震えてるとこ」

「それは……正直わかるけど」

「もーっ！　二人ともからかわないでよ〜！」

ケンカップル二人で兎亜さんを弄《いじ》る構図……かわよ。

「ねっ？　ソーマ君も分かるっしょ？　あれ、兎亜ちん可愛すぎたもんねー？」

「えっ、俺？」

なぜいきなり、俺に会話のボールを投げたのだろうか。

「まぁ、そうだね。可愛くはあったよ」

嘘《うそ》を吐くのも気が引けて、とりあえず思った通りの感想を述べる。

すると兎亜さんが顔を赤くした。

「もう……壮真君まで、いじわる〜……」

可愛らしく頬を膨らませ、拗《す》ねたような顔をする兎亜《とあ》さん。

これは可愛すぎる。なんだろう、この庇護《ひご》欲をくすぐる生き物は。

俺は彼女たちを恋愛対象として見ているわけではないけれど……少なくとも彼女がモテる理由は分かる。

いや、駄目だ。邪《よこしま》なことを考えるな。彼女たちは、男に興味ないんだから。

ひとまず昼食のことに集中。券売機でビーフシチューオムライスを注文し、空いている席へ腰を下ろした。

「あっ！　ソーマ君今日ビフオムじゃーん！　それもメッチャ美味しいんだよねー！」

恋花さんが俺の隣に座った。

やはり、ひとりぼっちの俺を気にかけてくれているようだ。

「あっ、ごめん。ご飯一緒にしていい？　隣座っても迷惑じゃなかった？」

「あ、うん。それは大丈夫だけど……」

恋花さんが来るということは、他の女子たちも来るということで。

そのままの流れで、栞《しおり》さんと兎亜さんも、俺たちの向かい側へと座った。

どうしよう……俺、迷惑では？　二人とも、恋花さんと一緒にご飯を食べたいだけのはず。俺みたいな異物はお呼びじゃないのに——

「成瀬君、よろしく」

「一緒にご飯食べようねぇ～」

「あ、うん……よろしく」

どうやら、杞憂《きゆう》だったらしい。他の二人も嫌そうな顔一つせず、むしろ笑顔を向けてくれた。栞さんたちも、俺に気を遣ってくれたみたいだ。

そういうことなら、ご一緒させてもらうとしよう。

本来なら、彼女たちとは自分から距離をとるところ。でも、今はせっかく優しくしてくれているんだ。ここで俺が無理に離れては、彼女たちを傷つけてしまうことになる。

「いやー。男子とご飯とか新鮮だなー。ソーマ君って普段学食なの？」

「うん。たまにコンビニのパンの時もあるけど。早乙女《さおとめ》さんたちも、学食だっけ？」

「そうだけど、早乙女さんって他人行儀じゃーん！」

パシンと俺の肩を叩《たた》く恋花さん。

「あーしのことは名前でいーよ！　遠慮なく、恋花様とお呼び！」

「恋花やめて。バカみたいだから。私もバカだと思われる」

「バカじゃないしー！　でも実際、名前でいいからね？　ウチらあんま絡みなかったけどさ。そんな固くなんなくていいから！」

「あ、うん。ありがとう」

「はいは～い！　ちなみにわたしは、壮真《そうま》君ともう仲良しさんだよ～！」

兎亜さんが元気よく手を挙げた。

「図書委員で時々お話しするもん。ね～♪」

にぱーっと笑みを向ける兎亜さん。眩《まぶ》しいくらい可愛《かわ》いかった。

「えっ、マジ？　ズールーイー！　兎亜ちんだけふこーへーだー！」

「じゃあ兎亜は、成瀬君のことを色々知ってるの？」

「う～ん、どうかな……？　趣味が読書ってことは知ってるよ～」

「読書……？」

玉子サンドを食べていた栞さんが、目を光らせた。

「私も読書は好きだけど、成瀬君はどんな本が好きなの？　お気に入りの作家さんはいる？」

ずいっと身を乗り出す栞さん。

「えっと……最近は、高橋芳香《たかはしよしか》先生が好きかな。特に『ロスト・サクリファイス』はかなりの名作だったと思うよ」

「本当に……？　私も、その作品は好き！」

栞さんが、珍しく弾んだ声を出す。

「あの本は、サスペンスとして秀逸だった。一日で最後まで読んじゃったから」

「分かる！　俺もだよ！　味方が全員裏切者《うらぎりもの》だって発覚したのは、鳥肌が立った」

「そう！　あのシーンがすごくいい！　成瀬君とは、話が合うかも」

普段はあまり見ることがない、栞さんの輝く瞳。

趣味の話は他の二人ともあまりできないようで、かなり楽しそうだった。

「ちょいちょい！　待ってよ二人とも──！　あーしにもわかるお話してよー！」

「恋花《れんか》、うるさい。おバカさんはついてこなくていいから」

「はぁー!?　なにをー!?」

「だって恋花、本読まないでしょ？　国語の成績いつも低いし」

「あーしだって本くらい読むし！　ワン○ースとか呪術○戦とか！」

「……（フッ）」

「あー！　漫画だからって、鼻で笑ったなぁー!?」

ははは。やっぱり、この二人のケンカは微笑《ほほえ》ましいな。ケンカと言いながら、実質イチャついているだけだし。この絡《から》み、ほんと癒やされる。

「別にいいしー。本読むより、外で遊ぶ方が楽しいもん！　ってか、二人とも週末どうする？　また例のカフェ、皆で行っちゃう？」

「あっ！　いいね～！　行きたい行きたい～！」

「私も、一応空いてはいる」

何やら、休日の予定について話し始めた女子三人。この口ぶりからして、休みは大抵皆で遊んでいるようだ。いわゆる女子会というやつだろうか？

推したちの仲が良さそうで、こちらも大変嬉《うれ》しくなる。

「よかったら、壮真君もどうかな？　一緒に週末遊びに行かない？」

「えっ？　俺も……⁉」

意外な提案に肩が震えた。

なんで女子会に俺を呼ぶんだ？　気を遣うにしても、それはさすがにやり過ぎじゃないか？

「いーねー！　日直の仕事手伝ってくれたし、そのお礼にご馳走《ちそう》させてよ！」

「いや、そんな。あれはお礼をされる程のことじゃ」

「そんなことないよ～。それにいつものお店、雰囲気が良くてオススメなんだ～。メニューも全部おいしいし！」

「私も賛成。成瀬《なるせ》君ともっと本のお話をしたいから」

まさかの全会一致で賛成。なんで俺、こんなに歓迎されているんだ？

「壮真君、わたしたちが男子に話しかけられて困ってる時も、さりげなく守ってくれたでしょ？　あの時のお礼もしたいんだ～」

「うんうん！　ソーマ君がいると、ホント心強いからさ！」

キラキラと輝いた目を向ける恋花さん。

心強い？　もしかして……！　恋花さんの一言で、ハッとした。

そうか……これは、俺を呼ぶことで男除《よ》けにする作戦か！

彼女たちほどの美少女であれば、街中でナンパされてもおかしくない。そこで男の俺を交ぜることで、リスクを減らそうとしているのだろう。そしてもし話しかけられた場合でも、俺がいれば普段通り妨害してあげることができる。

そういうことなら、ここまで俺を歓迎するのも納得だ。

彼女たちがイチャつく手助けをするのは、俺としても本望だ。それに三人のデートに付いていければ、至近距離で彼女たちの尊い絡みを楽しめる！

もちろん彼女たちの邪魔をしないように、注意はしないといけないが。

「分かったよ。俺もご一緒しようかな」

「マジ？　やったー！」

俺の答えに、彼女たちは声を上げて喜んでくれた。

「よっしゃー！　じゃあ決定ね！　ソーマ君、L○NE教えてよ！」

「えっ？」

いきなり連絡先を聞かれた。

「待ち合わせとかで、当日必要かもしれないじゃん！」

「ああ、確かに」

いたって合理的な理由ではあるが、女子から連絡先を聞かれるなんて初めてだ。

なんだか少しだけドキドキしながら、恋花さんと友達登録をする。

「ありがと、ソーマ君！　あとせっかくだから、兎亜ちんとしおりんにも連絡先教えてあげて？」

「あ、うん。いいけど」

そう言うと、兎亜さんが目を輝かせた。

「ほんとっ？　やった～！　じゃあ交換しよ～！」

ただの連絡先交換で、なぜか嬉しそうにする兎亜さん。男の連絡先なんて、本当は少しもいらないだろうに。

きっと俺が不快にならないように、大袈裟に喜んでくれたんだな。優しい。

一方で、栞さんはビクッと肩を震わせる。

「え、いや……私はその……」

怯《おび》えたように、もじもじと視線を泳がせる栞さん。

やはり男子との友達登録は少々荷が重いらしかった。むしろ、こっちが自然な反応だろう。

「もー！　しおりん、恥ずかしがんなくてもいいってー！　連絡先交換するだけじゃーん！」

「で、でも……」

顔がだんだん、恥ずかしそうに赤く色づいていく。彼女は俺の方をチラチラと見ては、隠れるように視線を逸《そ》らした。

「ごめんね、壮真君。栞ちゃんは引っ込み思案なんだよ～。友達が欲しいのに、いつも周りに話しかけられなくてね？　わたしが最初に声をかけた時も、なかなか心を開いてくれなくて――」

「ちょっ、ちょっと兎亜！　恥ずかしいから言わないで！」

おおっと、これまた尊いぞ。

栞《しおり》さんが、ほんわかしている兎亜《とあ》さんに手玉に取られている感じが好きだ。栞さんの慌てた表情も、この上ないほど可愛《かわい》らしい。

「とにかく、早く交換しなって！　たかが連絡先じゃんか」

「う、うん……分かった……」

栞さんが、俺にQRコードを差し出す。

「な、成瀬君……お願いします……」

「う、うん……」

そこまで照れられると、俺も変に意識してしまいそうだ……。

いや、緊張するな。そして、女子同士で好き合っている彼女たちを、俺が好きになるわけにはいかない。俺はただ、彼女たちのイチャイチャに癒やされれば満足なんだから。

「あ、ありがとう……成瀬君。えへへ……」

友達登録をし、栞さんが頬を緩める。緊張から解放されたせいだろうか？　普段澄ました顔をしている栞さんの急な笑顔は、ギャップでより可愛く見えた。

ともあれ、これで全員との連絡先交換が済んだ。

「何気にあーしたち、ソーマ君が初の男友達じゃない？」

「う、うん……。まともに男子と喋《しゃべ》ったのも、初めて」

「えへへっ！　なんかちょっと、ドキドキしちゃうよね～！」

スマホを手に、顔を合わせてキャッキャと会話する恋花さんたち。

やっぱり、三人ではしゃぐ彼女たちは尊い。しかも、至近距離でこの絡みを眺められるなんて。

この報酬を楽しめるなら、俺はいつでも男除けのカカシとして働こう！

※

「いやー、すごかったな、壮真。めちゃくちゃモテモテだったじゃねーか」

学食を出てすぐ。廊下で稔《みのる》に話しかけられた。

「あれ？　稔、学食にいたの？」

「ああ。壮真と食べようと思ったんだけど、女子たちと一緒だっただろ？　だから一人でラーメン食ってた」

そうだったのか。気づかずに悪いことをした。

「でもほんと、良かったな壮真。あの三人、めっちゃお前のこと気に入ってんじゃん。ぐいぐいアピールしてきてたし」

「アピール？　何のこと？」

訳が分からず、怪訝《けげん》な顔を稔に向ける。

するとも稔も、「はぁ？」みたいな表情をした。

「いやいや……。近くで見てたけど、がっつりデートに誘われてたよな？　しかも、連絡先まで交換してたし」

「デートなんて、そんな……百合《ゆり》に挟まる男じゃあるまいし。あれは男除けの一環でしょ。三人で外出するときにナンパされると困るから、俺が付いてくって話のはずだよ」

「うわ、鈍感……。引くわぁ……」

稔がものすごいジト目を向ける。

「どう考えても、三人とも壮真《そうま》に好意持ってるだろ！　あれだろ？　壮真が時々、しつこい男からあの子たちを守ってたから、なんか好かれちゃったんだろ？」

「そんなわけないでしょ。彼女たちが好きなのは女の子だからね？　恋花さんも栞さんも兎亜さんも、みんなお互いに好き同士なんだ。男の入る余地なんかないって」

「壮真、本気でそう思ってんのか？」

「当たり前だよ」

普段の彼女たちを見ていればわかる。激しすぎるほどのスキンシップに、お互いに向ける弾《はじ》ける笑顔。誰がどう見ても、好き同士にしか思えないはずだ。

「でも、楽しみだよね。最終的に誰と誰がくっつくのかさ。俺的には三人全員で恋人になるハーレムエンド的なのもアリかな。でもやっぱり、恋花《れんか》さんと栞さんの幼馴染《おさななじみ》カップルが王道ではあるかも」

「うん、もういいわ。頭痛くなりそう」

失礼にも、具合の悪そうな顔をする稔。

「せいぜい、週末のデートで目を覚ませ。間違いなく、イチャイチャされまくるだろうからな。壮真が」

「ないって。あの子たち、そーいうんじゃないから」

まったく、的外れなことを言うやつだ。

しかし、誰か趣味を共有できる友達が欲しいな。

※

彼女たちからのお誘い通り、週末は彼女たちとお出かけをすることになった。

約束の時間十五分前に、俺は指定の駅前広場へと到着。

するとほどなくして、彼女たちも広場へやってきた。

「も〜！　恋花ちゃん、そんなにくっついちゃ駄目だよぉ〜」

「はー!?　逆だしー。兎亜ちんがくっついてきたんじゃーん」

白のインナーにピンクのジャンパースカートを合わせた、ロリータっぽいスタイルの兎亜さん。彼女が、明るい水色のパーカーにミニスカートを着た恋花さんと、じゃれ合うようにはしゃいでいた。

そして、その間に割り込んできたのは……。

「二人とも……さすがに近すぎだから」

おとなしめのブラウスに、フリルの付いたミディスカートを着合わせている、琹さんだ。

「恋花、さっきから距離感おかしい。外だし、兎亜が困ってるでしょ」

「えー！　困ってないってー！　じゃあ、代わりにしおりんにくっついちゃおーっと！」

「ちょっ……!?　ばか、恋花っ！　それもダメ！」

「あ〜！　するいよ〜！　二人だけでイチャイチャしてる〜！」

あぁぁぁ……！　今日もてぇてぇ〜！

私服でイチャイチャしてる三人とか、学校と違って新鮮で可愛い！

これから一日、こんな彼女たちの姿を見ることができるのか。俄然《がぜん》やる気が出てきたぞ。

今日は全力で男除けに徹しつつ、百合を観賞させてもらおう！

「あ！　ソーマ君、もう来てんじゃーん！」

三人が俺の存在に気づいて、タタタとこちらへ駆けてくる。

「壮真君、早いね。まだ十分以上前なのに」

「ごめんなさい。もしかして、待たせてた？」

「いや、俺も今来たとこだから。それで、近くのカフェに行くんだっけ？」

「そーそー！　さっそく出発しよー！」

恋花さんたちに囲まれて、目的地へと歩き出す。

「今日行くのは、あーしたち行きつけのカフェなんだー。月に一度は、必ず皆で食事に行くの！」

「はは。三人とも、本当に仲が良いんだね」

学校外でも仲の良さそうな三人が見られて、心がぴょんぴょんしそうになる。

「ソーマ君も期待していーよ！　ご飯系も美味《おい》しいし。でも、オススメはやっぱスイーツかなー！　ボリュームもあって、最強だよ！」

「わたしたちも、本当はもっと通って食べたいよね～！　週五くらいで行きたいな～」

「そんなに通ったら太るよ、兎亜」

「あ～！　栞ちゃん、禁句だよ～。外食の時は、太るとか気にしちゃダメなんだからね？」

「ご、ごめん……。でも、通い詰めたい気持ちはわかる。パスタの味とか、自分で作るのとは違うから」

栞さんって、料理するのか。ハイスペックだな。

「えー？　しおりんの手料理もうまいけどなー。この前ゲームしに家行ったとき、夕食にビーフシチュー作ってくれたじゃん？　アレまた食べに行きたいなー」

「なんだと……？」

栞さんと恋花さんって、休みの日には二人でゲームしてるのか。

つまりは、お家《うち》デートってことだよな？　しかも夕食ということは、お泊まりにまで発展している可能性がある。もしかしたら、一緒にお風呂に入りながら、お湯を掛け合ってはしゃいでいるかも……！

『くらえしおりん、ばしゃばしゃばしゃー！』

『キャッ！　もう……恋花の馬鹿。ええい！』

『ちょっ、あはは！　シャワーは反則だって――』

まるで海の水を掛け合う青春の一ページのように、キャッキャと裸ではしゃぎ合う二人。そんな妄想が膨らんでしまう。

いや待て。邪《よこしま》な妄想をするのは良くない。彼女たちに失礼だ。

「ソーマ君……？　どしたん？　何かあった？」

「いや、ごめん。なんでもないよ」

「そう？　ってかソーマ君、私服メッチャ可愛いじゃーん！　いつもどこで服買ってんの？」

「あ～！　わたしもそれ、気になってたんだ～。壮真君、結構オシャレだよね～」

「いや……俺は別に、適当な店で安い服買ってるだけだけど……」

まさか、服を褒められるとは思わなかった。

多分、これも彼女たちなりの気遣いだろうな。男除けに連れてきただけとはいえ、俺も少しは楽しめるように話題を振ってくれているらしい。

「マジで？　それ逆にすごくない？　普通のお店の商品もオシャレに着こなせるってことでしょ？」

「本当にオシャレな人って、安い商品からいい物を探す能力が高いんだよね！」

「成瀬《なるせ》君、すごいね。そういう人、なかなかいないから」

もう、ベタ褒めである。こういうのを褒め殺しというのだろう。さすがにちょっと恥ずかしい。

それに、気遣ってくれるのはありがたいけど……それより、女子同士でイチャイチャしてほしい。俺は彼女たちと絡《から》むより、女子同士の絡みを見る方が幸せだから。

俺が一緒にいる手前、なかなかイチャイチャしづらいということだろうか？　それでは本末転倒だ。

こうなったら、俺が誘導するしかないかな。彼女たちが絡みやすいように。

「ソーマ君。この曲がり角を右だから」

「あ、了解」

早速のチャンス。

俺は恋花さんの指示通り、差し掛かった角を右に曲がる。

その際、俺はさりげなく立ち位置を変更。彼女たちの包囲から抜けて、一番端を歩き始めた。

俺が端っこ……すなわち、車道側の道を歩く布陣。これにより、俺を囲むように立っていた女子三人は、自然と隣り合う形になった。これなら女子だけで話し易《やす》いはずだ。

さらに俺は、追加の一手に打って出る。

「恋花さん、悪い。その荷物、俺に持たせてもらえないかな？」

「えっ？　あーしのバッグを？　なんで？」

俺の申し出に、キョトンとした顔の恋花さん。

「実は俺、最近筋トレにハマっているんだ。それで、普段から少しでも鍛えたくてさ」

「いや、でも悪いよ！　あーしのバッグ、結構重いし。色々入ってるからさ」

「それなら、なおのこと筋トレになるから。もし不快じゃなければ預けてくれない？」

「で、でも……」

罪悪感か、少しの間悩む恋花さん。しかし、やがて照れたように笑う。

「それじゃあ……お願いしちゃおっかな」

「任せてよ。責任もって運ぶから」

恋花さんの荷物を受け取る俺。そして、俺は人知れず口の端を吊《つ》り上げた。

兎亜《とあ》さんはポーチ、栞《しおり》さんはリュックを背負っているから、これで三人の手は空いた。

さらに女子は三人、横並び状態。

この状況なら存分に、女子同士で談笑しながら手を繋《つな》ぐことができるはずだ！

さぁ、皆。俺のことは放っておいて、存分に三人でイチャイチャしてくれ。

俺は端っこを歩きながら、それをゆっくり眺めさせてもらう！

※

一人で盛り上がる壮真《そうま》を横目に、女子たちがヒソヒソと会話をしていた。

(ねーねー！　兎亜ちゃん、しおりん！　今の見た⁉)

(うん！　壮真君、すっごく紳士だったね！　恋花ちゃんの荷物が重いことに気づいて、代わりに持ってくれるなんて！)

(しかも、さりげなく車道側に移動してくれた……。私たちが安全なように、気を遣ってくれたってこと……？)

(絶対そうだよー！　そうじゃなきゃ、立ち位置変える理由ないもん！)

(ってか、あーしヤバいかも……！　バッグ持ってもらったとき、なんかメッチャドキドキしちゃった……)

(恋花、顔赤いよ。熱あるみたい)

(だって、あんなの初めてだったんだもん！　あんな……『女子』って扱い受けたの……)

(エスコート、すごく手馴《てな》れてる感じしたよね～。壮真君、本当に優しいんだね！)

（まさしく紳士っていう感じ……。私も、正直ドキドキした）

（あーもう！　ソーマ君、マジでカッコいいじゃーん！　性格、イケメン過ぎません⁉）

（性格もそうだけど……顔も、結構カッコいいと思う。おとなしい系で、あまり目立たないけど）

（それ、分かるなぁ〜。壮真君、実は絶対モテるよね〜）

（うん。前も思ったけど、やっぱりもう恋人がいそう）

（マジでっ⁉　ソーマ君、ガチで彼女いるの⁉）

（まぁ、あくまで私の想像だけど……。気になるなら、聞いてみたら？）

（聞けないよぉー！　恥ずいじゃん！　ねぇ、兎亜ちん！　あーしの代わりに聞いてくんない？）

（わ、わたし⁉　無理だよぉ〜。わたしだって恥ずかしいもん……）

（じゃあ、しおりんは⁉　意外とそういうの聞けるっしょ⁉）

（絶対無理。第一、そういうこと聞くの失礼でしょ）

（しおりんが聞けって言ったんじゃん！）

（あっ！　でももし彼女さんがいるなら、今日みたいにわたしたちと出かけることは無いんじゃないかな？）

（確かに……！　ということは、やっぱりフリーかも）

（っしゃあー！　あーしの勝ちだぁ！　うぉぉぉー！）

（喜び過ぎだよ、恋花《れんか》ちゃん）

（恋花……本当に成瀬君に惚《ほ》れたの？）

（い、いや……そういうわけじゃないけどさ……！　でも実際、カッコイイなーって思うっしょ？　あんな男子他にいないしさ。なんか、やっぱ気になるじゃん？）

（うん。それは分かるなぁ〜。誰かに取られちゃいたくないよね！）

（まぁ……気持ちは、分からなくはない）

（でしょー⁉　やっぱいいよね、ソーマ君。今日は少しでも楽しんで帰ってもらわなきゃ！）

（仲良くなれたら、これからも一緒にいられるもんね！）

（そーいうこと！　よーし、張り切るぞぉー！）

※

彼女たちと歩くこと、十分ほど。俺たちは、目的のカフェ『マーキュリー』へとたどり着いた。

まるで外国のお店みたいな、レンガ造りのオシャレな外観。中は吹き抜けの開放的な作りになっており、かなり居心地の良い印象である。彼女たちが行きつけにするのも納得だ。

「うん……見るからに良いお店だね。こんなオシャレなカフェ、初めてだ」

「えへへ。気に入ってもらえて良かった〜」

「成瀬君。こっちの席に来て。いい場所、予約しておいたから」

栞さんたちに連れられたのは、優しい陽の当たる窓際《まどぎわ》の席。外に咲く花畑を一望できる、とても素敵な場所だった。

「おぉ……いいね。鉄砲ユリが綺麗《きれい》に咲いてる」

「ソーマ君、花詳しいんだ？　すごいね！」

「うん。百合《ゆり》は好きだから」

喋《しゃべ》りながら、四人掛けのテーブル席につく。俺の隣に兎亜さんが座り、対面には恋花さん。そして、はす向かいに栞さんという並びである。

やっぱり、幼馴染《おさななじみ》二人が隣り合うか。ってか栞さん、いますごく自然に恋花さんの隣に座った気がする。

「あれ……？　しおりん、シャンプー変えた？　いつもと匂い違うんだけど」

「いちいち当てないで。キモいから」

軽口を叩《たた》きながら、肩が触れ合いそうなほど近い距離間で座る二人。これは、仲の良さが出まくっている。しかも、相手のシャンプーまで把握してるし。

ここに来るまで栞さんたちは何やらヒソヒソ話をしていただけで、これといった百合絡《がら》みが見られなかったのが残念だったけど、これから楽しませてくれそうだ。

「ねぇ、ソーマ君。改めてだけど、いつもありがとうね？　あーしたちに、優しくしてくれて」

不意に恋花さんが、真面目な顔で言い出した。

「男子たちから守ってくれたり、日直の仕事手伝ってくれたり、マジで普段から助かってるから！」

「それに、この前兎亜から聞いた。私と恋花が喧嘩《けんか》したときに、仲裁の手伝いをしてくれたって。ありがとう……」

なんと……。あの時のこと、バレてたのか。

「わたしからも、ありがとう！　当番引き受けてくれた時、本当に嬉《うれ》しかったんだよ！」

さらに、兎亜さんまで続ける。

「そんなの、気にしなくていいって。全部俺が好きでやってることだから」

「それでも！　あーしたちが助かってるのは事実だからね。今日はそのお礼も兼ねて、あーしたちが奢《おご》るから！」

「いや、そこまでしてもらう理由は――」

「いいのいいの！　元々そのつもりだったんだからさ！」

女子たち三人が、感謝のこもった微笑《ほほえ》みを向ける。

なんか、ちょっと罪悪感あるな……。俺は本当に、三人のイチャイチャが好きで手助けをしただけだから。

「さぁさぁ。壮真君は何が食べたいの？　遠慮なく注文してね～」

そんな俺の気持ちに気づくわけもなく、兎亜さんがメニューを見せてくれた。

女子に奢ってもらうのも悪いけど……ここで遠慮しても、数の差で押し通されてしまいそうだ。

申し訳なく思いながらも、俺は渡されたメニューを目にする。

「へぇ……。確かに美味《おい》しそうだ」

どうやらオススメは旬のフルーツを使ったスイーツらしい。結構ボリュームもあるようだ。

俺は少し悩んだ結果、ケーキセットを頼むことに決める。旬の桃を使ったタルトと、ブレンドコーヒーのセットである。

その後、彼女たちもそれぞれ注文を決めた。兎亜さんがメロンケーキとクリームソーダ、恋花さんがサクランボのタルトとカプチーノ。そして琹さんが、チョコバナナタルトとアイスココアのセットメニューだ。

店員さんに頼んで、約十分。

全員分のケーキが運ばれてきた。

「お待たせしました。桃のタルトとブレンドです」

「おぉっ……!?」

運ばれてきたケーキを見た瞬間、思わず驚きの声が出た。

タルトには、桃が溢《あふ》れそうなほどふんだんに盛り付けられており、その迫力に圧倒される。メニューに写真が載っていなかったこともあり、初見の衝撃がひとしおだった。

「すごいなこれ……！　こんな豪華なタルトがあるとは」

「でしょ〜？　ここのスイーツ、本当にすごいんだぁ〜」

なぜか、ドヤ顔で言う兎亜さん。彼女が頼んだメロンケーキも、カットメロンがこんもり盛り付けられていて、すごいことになっていた。

それを見て、恋花さんも瞳を輝かせる。

「あ、兎亜ちんのソレ、超うまそうじゃん！　メロンケーキ、豪華すぎるっしょ！」

「うんっ！　一日限定三十食までなんだって！」

「マジか！　味メッチャ気になるんだけど！」

「あ、じゃあ食べる？　はい、あーん♪」

「あーん♪」

　メロンケーキの一かけらを、兎亜《とあ》さんが恋花さんに差し出した。

「え……⁉」

　俺は思わず目を瞠《みは》る。

　当たり前のように自然な流れで、兎亜さんが恋花さんに『あーん』した……！

　しかも恋花さんも抵抗なく、口を開けて兎亜さんのケーキを出迎える。そして、口いっぱいに頬張った。

「ん～！　ウマウマ……！　なにこのメロン、めっちゃ甘いじゃん！」

「ほんと？　よかったぁ～」

「じゃあ、あーしのタルトも食べて食べて～。兎亜ちん、サクランボ好きだよね？」

「うん、大好き～！　いただきま～す♪」

　さらに今度はお返しに、恋花さんが兎亜さんに「あーん」する。兎亜さんが可愛《かわい》らしく口を開け、サクランボのタルトを頬張った。

「ん～っ♪　おいひぃ～♪　幸せぇ～♪」

「うぐっ……！」

あまりの可愛さに胸を押さえる。

なんということだ……！　と、尊い……！　彼女たちがお互いに、ケーキを食べさせ合っている！　こんなのもう、絶対付き合ってるだろ！

と、俺が勝手に盛り上がっていると。

さらに衝撃的なことが起きた。

「あ、そーだ。しおりんもあーしのタルト食べる？　一口交換しよーよ」

「ん……」

恋花さんが発した、お誘いの言葉。

栞《しおり》さんがその返事の代わりに、小さな口を控えめに開けた。

タルトを食べさせてもらうのを待つ、ひな鳥のような可愛さで。

「……っ！」

あのクールで当たりの強い栞さんが、自分から口を「あーん」と開けた。「いらない」とか「自分で食べるから」とか、ツンとした態度で返すのではなく。急に自分から恋花さんに寄り添った。

で、デレた……！　栞さんがデレた……！

「て、てぇてぇ……！」

心からの気持ちを、抑えきれずに小声で呟《つぶや》く。クールっぽい女子がデレる様子は、なんでこんなにも可愛いのだろうか。

しかし、これだけすんなり『あーん』を受け入れるのは、やはり彼女たちが日常的にこういうことをしている証拠だ。幼馴染ケンカップルの、真の尊さがここにあった。

ああもう、マジで可愛すぎるだろ！　この子たち、仲良すぎだろ！

「ほい、どーぞ。おいし？」

「ん……おいしい」

恋花さんからタルトをもらい、もぐもぐとリスのように咀嚼《そしゃく》する。

そのタルトの美味しさからか、それとも『あーん』をしてもらったからか、彼女の表情は柔らかい。

「じゃあ……恋花も食べて。私のチョコバナナ」

「うん！　あーん♪」

そしてまたもや当然のごとく、栞さんが恋花さんに『あーん』をする。

女の子同士で食べさせ合うのが当たり前になっているなんて、改めて彼女たちの尊さが分かる。もういっそのこと、この三人でまとめて付き合ってほしい。

ああ、今日は本当に幸せだ。まさかこんなに尊い絡《から》みを、至近距離で眺められるとは。

「ん～！　しおりんのチョコバナナうま～！　ってか、あーしのサクランボタルトもヤバイね。期待以上に美味しいわ、コレ」

「メロンケーキもおいしいよ～！　琹ちゃんも食べてみて？」

「ありがとう、兎亜。私のもどうぞ」

感想を言い合いながら、皆でケーキをシェアする女子たち。このキャッキャとした楽し気な雰囲気。可愛らしく、幸せしかない心躍る空間。これは、女子だけだからこそ成立しうる楽園だ。これを間近で見られるなんて、こんな幸運は他にない。

これはきっと、今日まで百合を守ってきた俺への、神様からのご褒美《ほうび》なんだ。

神様、ありがとうございます。今日という日を与えてくれて――

「はい、壮真《そうま》くんも。あ～んして♪」

「え……？」

兎亜さんが、フォークに刺さったケーキの欠片《かけら》を差し出した。

急なことに、俺は目を点にして固まってしまう。

「よかったら、壮真君も一口どうぞ！　メロンケーキ、すごくおいしいよ！」

「お、俺……？」

「うんっ！」

純粋無垢《むく》な笑顔で頷《うなず》く兎亜さん。え？　マジで言ってるの？　なんで……？

あっ、そうか！　俺にあーんをすることで、他の二人からの嫉妬を誘おうとしているのか！

兎亜さんが俺とイチャついてると見せかけて、嫉妬した栞さんや恋花《れんか》さんからの、さらに大きなイチャイチャを引き出す……。女子同士以外で「あーん」するなんて、それしか理由が無いはずだ。

なんという高等テクを使うんだ！　さすがは我が推し。恋愛のプロフェッショナルじゃないか！

「兎亜、大胆すぎない？　普通、男子に『あーん』はしないんじゃ……」

「え～？　そうかな？　友達ならケーキのシェアくらい普通だよ？」

「まぁ、それはそうだけど……」

栞さんの指摘にも、全く動じず作戦実行を貫く兎亜さん。

さらににこっと笑いかけてくる。

「ほらほら、早くあ～んして？」

「えと、その……」

俺としても、さすがに「あーん」されるのは恥ずかしかった。

だが、百合《ゆり》の助けになるならやるしかない。兎亜さんたちのイチャイチャのため、喜んでこの身を捧《ささ》げよう！

「わ、分かった。それじゃあ、一口だけ」

「うんっ！　それじゃあ、あ～ん♪」

「あ、あーん……」

口を開き、彼女のフォークからケーキをもらう。

みずみずしく糖度の高いメロンの風味が、ふわふわなスポンジにマッチした、非常に上品なケーキである。

しかしそんな味よりも、『あーん』に対する羞恥心の方が気になった。

なんだこれ……当事者になると、めちゃくちゃ恥ずかしいんだけど……。自分の顔が耳まで赤くなっていると分かる。

思えば、女子のイチャイチャは見慣れているけど、自分が女子と絡んだことは無い。女子への耐性がないせいか、異常にドキドキしてしまう。

そんな俺を見て、兎亜さんが優しく微笑んだ。

「ふふっ。壮真君、照れてる～。可愛い～♪」

可愛い子に可愛いって言われた……！　うわ、本当に恥ずかしい……！

「ごめん……頼むから、からかわないで……」

「あっ、ごめんね？　でも、実際可愛いなぁって。『あーん』くらい、そんなに照れなくてもいいのに～」

いや、絶対に照れるところだ。百合を助ける為《ため》とはいえ、実践してみると心臓がヤバイ。

できれば今後は、自分が「あーん」されるのは避けたいところだ。

「ソーマ君！　あーしのもあげる！」

思った矢先に、今度は恋花さんが攻めてきた。

「このタルトめっちゃ美味《うま》いから！　いつものお礼に一口どーぞ！」

恋花さん……！　まさか同じ作戦で、兎亜さんに対抗してくるとは。

嫉妬させ返して、兎亜さんからイチャイチャするように仕向けるつもりか！　これが百合たちの恋愛頭脳戦……！

「遠慮しなくていいからさ！　食べてっ！」

サクランボのタルトが差し出される。まずいな。兎亜さんのケーキを食べた以上、恋花

さんのお誘いも断れない。

そもそも今の俺の役目は、百合に利用されること。拒否権なんてありはしないんだ。

彼女の笑顔に促され、俺は再び口を開く。そして羞恥心に苛《さいな》まれながら、そのタルトを咀嚼した。

「どう？　どう？　おいしい？」

「う、うん……うまいよ」

熱を帯びた顔で、小さく頷く。餌付けをされているようで、なんだか全身がムズムズしてきた。

でも、恥をかいた甲斐《かい》はあったみたいだ。

「あはは！　確かに、照れながら食べるソーマ君可愛い～！」

「そうだよね～。いっぱい食べさせてあげたくなっちゃう！」

俺への「あーん」という工程を通して、キャッキャと話している二人。想定とは少し違う形だが、イチャつくきっかけにはなったらしい。

笑顔ではしゃぐ二人、かわよ。うまく踏み台になれてよかった。

しかし、その一方で。

「……。…………」

栞さんは会話の輪に入らず、一人もじもじした様子。他の女子二人を羨ましそうに眺めつつ、俺にチラッと視線を送っていた。

これは……俺へのSOSだろうか？

きっと、大好きな二人が自分抜きで盛り上がる状況を、もどかしく思っているのだろう。

しかし自分からは輪に入れず、「どうしよう……？」と助けを求めているらしい。ここは百合をサポートする者として、話題を振ってあげなければ。

そう思った瞬間、兎亜《とあ》さんが言った。

「じゃあ、最後は栞ちゃんの番だね～！」

「えっ⁉ わ、私も……⁉」

兎亜さん、ナイスだ！ 仲間外れになってた栞さんを、俺への「あーん」を口実に会話の輪へと引き込んだ！

「わ、私は、いいから……。成瀬《なるせ》君も、困っちゃうだろうし……」

「駄目だよ～。栞ちゃんも、ちゃんとお礼しないと～」

「そーそー。ソーマ君のおかげで、あーしら仲直りできたわけだし」

「それは、そうだけど……」

「それなら、ちゃんとお礼しないとじゃん？ おいしいケーキ、食べさせてあげなよー」

「うぅ……。わ、分かったから……！」

二人の説得に折れるかたちで、栞《しおり》さんが頷いた。チョコバナナタルトをフォークで刺す。

どうやら仲間に入るため、覚悟を決めたようだった。

「成瀬君……ど、どうぞ。あーんして……？」

フォークを俺の口に近づける彼女。その顔は、恋花さんと『あーん』した時より赤くなっていた。恥ずかしさのせいか視線を逸《そ》らし、フォークを持つ手も少し震えてる。

「ぐっ……！」

この照れ顔は、めちゃくちゃ可愛《かわい》い。そして、俺も死ぬほど恥ずかしい。

しかし、これも栞さんを百合会話の輪に戻すため。逃げるわけにはいかないんだ。俺は覚悟を決めて、三度《みたび》口を開く。そして、チョコバナナを受け取った。

「…………」

なんだか、口の中がめちゃくちゃ甘い。チョコバナナのせいじゃなく、女子との絡みが精神的な胸焼けを引き起こしそうだった。

そして、それは俺だけじゃないようで。

もともと奥手な栞さんも、恥ずかしそうに俺から顔を逸らしている。

「あははっ！　しおりんも顔真っ赤じゃーん」

「『あ〜ん』だけで照れすぎだよ〜」

　恋花さんたちが、栞さんを可愛がってからかう。

　この表情を見るために、俺と「あーん」をさせたのか。やはり二人とも、栞さんの魅力を知り尽くしている。

「しおりんの照れ顔、可愛いなぁー。もうなんていうか、初心《うぶ》すぎだよねー」

「普通誰だって恥ずかしがるでしょ……！　成瀬君と、間接キスになるわけだし……」

「え？　間接キス？」

「だって、成瀬君に「あーん」したフォークで、これからケーキを食べるんだから……」

　栞さんの言葉に、恋花さんと兎亜さんが一瞬止まった。

　どうやら二人とも、意識していなかったようだ。俺が口をつけたフォークを、この後自分でも使うことを。

「いや、そんなっ、別にそれくらいなんてことないしー？」

「だ、だよねっ。間接キスくらい、騒ぐことじゃないよ〜」

　そう言い、何でもないように笑う二人。

　しかし、その後。皆自分のケーキを食べ始めたわけだが……。

『…………』

どこか気まずそうに口を閉ざして、ほんのりと顔を赤らめていた。

「えっと……ごめん。もし嫌なら、フォークを変えてもらっても……」

『大丈夫！　嫌とかじゃないから！』

助け舟を出すも、俺を傷つけないためか口をそろえて言う女子三人。

好きでもない相手にも、ここまで気遣いをしてくれるなんて。彼女たちは本当に優しい子たちだ。

※

カフェでの食事を終えた後。

「よっしゃあぁー！　遊ぶぞぉぉ――‼」

恋花さんのその一言で、女子たちのデートが続くことになった。

普段から三人は、カフェで食事をした後はそのまま皆で遊ぶらしい。俺としては、引き続き男除けとして、彼女たちの絡《から》みを見られるので大歓迎だ。

「それで、今日はどこに行くの？」

「まだ決めてないけど、どうせなら体動かしたくない？　ケーキの分、カロリー消費しなきゃ！」

「あはは。あそこのケーキ、結構量があるもんね〜」

体を動かすならどこだろう、と女子三人が話し合う。

それを聞きながら、俺の頭に閃《ひらめ》きが灯《とも》った。

「それなら『エンスポ』とかどうかな？」

エンスポ――エンタースポーツとは、近くにある大型のアミューズメント施設である。バッティングやテニスなどのスポーツを始めとし、ボウリングやゲームセンター、カラオケやビリヤードなど、あらゆる遊びを楽しめる施設だ。

「あそこなら、体も動かせるし。やれることも色々あるから」

「エンスポ、いいね〜！　今の気分にピッタリだよ〜」

「私も賛成。確か、駅からシャトルバスも出ていたはず」

栞さんの案内で、バス停へ向かう。そしてタイミングよく来たバスに乗り、すぐにエンスポへ到着した。

そして、早速遊び始める俺たち。

まず選んだのは、卓球だった。

「よ〜し！　いくよ〜、栞ちゃ〜ん！」

「う、うん。いつでもどうぞ……！」

隣のコートで向かい合い、試合を始める栞さんと兎亜さん。兎亜さんが球を宙に上げ、弱弱しいサーブを放つ。

「え～い！　最強サ～ブ！　とぉっ！」

「わっ……わっ……えいっ！」

「きゃっ！　返されちゃった！　よいしょ！」

「あっ兎亜、ちょっと待って……きゃあぁっ！」

あ。可愛い。

二人が仲良く、平和に球を打ち合う様子は、なんとも緩くて尊みが深い。

卓球なら男女の差なく楽しめるかと思って提案してみたが、悪くない考えだったようだ。

「次のサーブいくよ、栞ちゃん！　えーいっ！」

「えっ……えっ……きゃあぁっ！　ごめん、兎亜……無理……」

「あはは～。ラリー続けるの、難しいねぇー」

「ほんとに、ごめん……。私、運動苦手だから……」

「気にしなくていいよ～。わたしだって、ギリギリだもん。気にせず、ゆっくり一緒にラリーしようよ！」

「う、うん……！　頑張るから！」

あぁ。てぇてぇ。一緒にラリーを繋《つな》げようと頑張る二人、可愛すぎか？　まさしく二人の共同作業じゃん。

これでこそ、わざわざエンスポを提案した甲斐があると言うもの。ここなら普段は見られない彼女たちの百合《ゆり》姿を拝めそうである。

「おーい、ソーマ君！　何よそ見してんのー⁉」

ふと、コートの対面から呼び声。

俺の相手、恋花《れんか》さんがラケットを構えていた。

「ごめん！　ちょっとボーッとしてたんだ」

「もー。試合するのに、大丈夫なのー？」

いけないいけない。今は二人を眺めている場合じゃないな。見過ぎた結果趣味がバレて、皆から距離を置かれても困る。それに、恋花さんにも失礼だ。

とりあえず、彼女との卓球に集中しよう。

「ねー、ソーマ君。どうせやるなら、なんか勝負しよーよ」

「勝負？」

「うん！　十一点先取で、負けた方がジュース一本奢《おご》りとか！　どう？」

「いいけど……さすがに俺は負ける気しないよ？　中学時代、友達とよくここでやってたから」

「だいじょぶ！　その方が盛り上がるし！」

ニッと笑顔でピースサインを向ける恋花さん。たしかにただラリーをするよりは、緊張感があるかもしれない。

「分かった。それなら付き合うよ」

「よーし！　んじゃ、あーしから行くよ！」

早速、恋花さんがサーブを放つ。

思ったより素早く正確なサーブだ。コートの端ギリギリにボールが刺さる。

だが、それでやられる俺ではない。

「やあっ！」

余裕をもって打ち返す。低めのストロークを恋花さんのコートに叩《たた》きつけた。

「キャッ⁉」

その打球に彼女は追いつけず。球はそのまま床へと落ちる。

「のわー！　えっ、マジ⁉　ソーマ君つよっ！　今の球メッチャ速かったじゃん！」

「そんな。あれくらい、ちょっと慣れれば誰でもできるよ」

「いやいや、マジで凄《すご》かったってー！」

目を輝かせて、大げさなほどはしゃぐ恋花さん。でも褒められるのはいい気分だ。

「よーし！　あーしも負けないぞー！」

再び恋花さんがサーブを放つ。それを皮切りに俺たちは、激しい打ち合いを繰り広げた。

そしてラリーが白熱する中、恋花さんがキャッキャとはしゃぐ。

「うわ、ソーマ君の打球えぐ！　今からソーマ君、スマッシュ禁止ね！」

「え、なんで⁉」

「あはは！　なんでもー！　禁止カードでーす！」

「あー！　ネットかかったー！　自滅ヤバー！　ってかもう、ネット取っちゃわない？」

「いや、駄目だって。卓球成立しなくなるから」

「だよねー！　それじゃー、切り替えてくよー！」

「やった！　入ったー！　今のすごくない⁉　スマッシュ、バーンて！　最強じゃん！」

「たしかに、今のは取れなかったよ」

「でしょー？　あーしプロかよー！　スカウト来たらダブルス組もーね！」

すっかり夢中になって、天真爛漫《てんしんらんまん》に騒ぐ恋花さん。百合とか以前に人間的に微笑《ほほえ》ましい。

しかし、勝負は勝負。俺は手加減することなく、最後は強烈なサーブで勝負を決めた。

「これで十一対六……俺の勝ちだね」

「うわ、マジかぁ……！　ソーマ君、やっぱ強いね！　マジすごい！」

負けても、笑顔で俺に称賛の言葉をくれる。恋花さんの人柄の良さが出ていた。

とはいえ、やはり悔しくはあったようで。

「んじゃ、もっかいやろーよ！　ソーマ君！」

「え、また試合？」

「あったりまえじゃん！　とりま、ジュースは後で奢るけど！」

これはどうやら、勝つまで止《や》める気がないようだ。

「ね？　おねがーい！　付き合って？」

手を合わせ、ウインクをする恋花。思った以上に、彼女は負けず嫌いらしい。

「分かったよ。じゃあまた、十一点先取で」

「ありがとー！　今度こそ本気で行くからねー！」

今度は、俺のサーブから勝負が始まる。お互いに全力を尽くした打ち合い。

そうして、しばらく戦った後。

「いやったぁぁ――――！　あーしの勝ちぃ――――！」

五回目の挑戦で、ようやく恋花さんが勝利を手にした。今回のスコアは、十一対九。接戦の末の白星だった。

「はは……おめでとう。強かったよ」

喜んで飛び跳ねる恋花さんに、息切れした声でお祝いを伝える。

さすがに連戦が続いて疲れた。後ろに置かれていたベンチに、どっかりと体を預けて休む。

すると、恋花さんも側《そば》に寄ってくる。

「ソーマ君、大丈夫？　具合悪いの？」

「平気だよ。少し疲れただけだから」

「あっ……ごめん！　あーしが、何回も付き合わせちゃったせいだ……」

勝ったことで気持ちが落ち着いたのか、恋花さんが後悔の表情を見せる。

「いや、だいじょうぶだよ。休めばすぐに回復するし」

「でも、さすがに五連続で試合は疲れたよね……」

しゅん、と落ち込んでしまう恋花さん。

「あーしさ……昔からちょっとしたことでムキになっちゃうところがあって……。こういうとこ、自分でも嫌いなんだけど、なかなか抑えが利《き》かなくて……」

「そんなに思いつめることじゃないよ。俺だって楽しかったから」

「ありがとう……。でも、ほんとにごめんね！」

恋花さんが深く頭を下げた。俺は全然気にしていないが、彼女からしたら重大な問題のようだった。

「あーあ……。この性格、直したいと思ってるんだけどなぁ……。すぐムキになるのも、負けず嫌いなのも、周りに迷惑かけちゃうし……」

「恋花さん……」

こんなに落ち込んだ様子の彼女は珍しい。本当に思いつめているようだ。

でも。

「直す必要はないと思う」

うな垂れる彼女に、俺はきっぱりと言い放った。

「恋花さんはそのままでいい。むしろ、今のままの方がいいよ」

「え……？　なんで？」

「だって、すぐ本気になるのも、負けず嫌いなのも、目の前のことに一生懸命取り組んでいる証拠でしょ？　一つのことに真っすぐ情熱を注げるなんて、人として素敵なことだから」

短所と思うようなところにも、実は長所が隠れていたりする。彼女の場合もそれだろう。

「恋花さんの自分に正直で真っすぐなところは、俺はすごく魅力的だと思うよ」

「み、魅力的⁉」

そう。非常に魅力的だ。

なぜならば彼女のその資質は、きっと百合においても重要だから。

例えば、情熱的な恋花さんが栞《しおり》さんへ真っすぐ思いを伝える。それにより奥手な栞さんも、恋花さんの気持ちに応えるために、勇気をもって告白をする。恋花さんの魅力が、栞さんの心をこじ開けるんだ。

その様子は、きっと尊いものになるだろう！

「だから、無理して自分を変えようとなんてしなくていい。むしろ俺は、そのままの恋花さんでいてほしい！　今のままの恋花さんを見ていたいんだ！」

「っ……！」

「それに……恋花さんの周りには、その魅力を分かってくれる人がいる」

「それって……」

　俺の顔を見上げる恋花さん。

　そんな彼女に、自信をもって頷《うなず》いた。

「変なところでついムキになっても、（栞さんたちなら）全部受け止められるから」

　栞さんも兎亜《とあ》さんも、恋花さんのそういう部分を理解した上で一緒にいるんだ。そして二人とも、彼女の真っすぐさを長所として評価してくれているはず。

　普段から彼女たちを見ていれば、それくらいのことは分かるんだ。

「恋花さんはそのままでいい。恋花さんのそういうところ、（栞さんたちは）好きだと思っているからさ」

「ソーマ君……！」

　恋花さんの頬が、薔薇色《ばらいろ》に染まった。

「ありがとう……！　その、メッチャ嬉《うれ》しい……。あーしのダメなところまで、（ソーマ君に）好きだって思ってもらえて……！」

「そんなの、当たり前じゃないか。（栞さんたちは）ずっと前からそう思ってるよ」

「〜っ！」

　よほど嬉しかったのか、恋花さんが言葉を詰まらせる。やはり自分自身では、どれほど周りに好かれているのか分からないようだ。

でもよかった。俺の言いたいことは伝わったらしく、表情から暗さは消えている。

「二人とも～！　お疲れ様～！」

兎亜さんたちが、俺たちのコートへ入って来た。

「二人とも、たくさん試合してたね～。疲れたと思って、栞ちゃんとお茶買ってきたよぉ～」

「恋花《れんか》は、コーラでいいでしょ？　はい」

「う、うん……。ありがとう……」

小さな声で言い、栞さんからペットボトルを受け取る恋花さん。なんだか彼女は、照れたようにもじもじと体を動かしている。

きっとさっきの会話のおかげで、栞さんを意識してしまっているのだろう。良い百合《ゆり》が見られそうな予感に、俺は一人でこっそり喜んだ。

※

卓球を終えた後。俺たちは次に、ローラースケートで遊ぶことにした。

シューズを借りて、屋内にある専用のスケート場で滑り始める。

「あははっ！　ローラースケートなんて久しぶりだよ～！」

「あーしもあーしも！　うわー、この感覚懐《なつ》かしいなー！」

恋花さんは比較的運動神経が良いようだし、兎亜さんもスケートは得意らしい。二人ども少しならした後は、軽快な滑りを見せている。

俺もそんな二人を眺めながら、ゆったりとした足取りで滑る。

「兎亜ちん、大丈夫ー？　転ばない？　あーしが手ぇ繋《つな》いであげよっか？」

「大丈夫だもん。これでもわたしね？　小《ち》っちゃい頃はスケートシューズよく履いてたんだぁ～」

「えーマジ？　せっかくだし、イチャイチャと手ぇ繋ぎたかったんだけどなー」

「も～。恋花ちゃん、やらしいなぁ～」

「そんなことないしー。よいではないかー、よいではないかー」

「きゃ～！　ヘンタ～イ！　あはははっ！」

くすぐろうとする恋花さんと、彼女の魔の手から逃げる兎亜さん。

あぁ……癒やされるなぁ。見るからに仲が良く、キャッキャした明るい二人の絡《から》み。こんな風に分かりやすくイチャイチャする女子たちを見て、百合の尊さを知ったんだよなぁ。

まぁもちろん、恋花さん×栞さんみたいな、ケンカップルも好きだけど。

と、その時。ふと気が付いた。栞さんの姿が見えないことに。

「あっ！　栞ちゃん、大丈夫⁉」

兎亜さんが、心配そうな声を上げる。

見ると、スケートシューズを履いた栞さんが、手すりに掴《つか》まりプルプルしていた。

「もしかして栞ちゃん、ローラースケート初めて？　大丈夫？」

「だ、だいじょうぶ……大丈夫、だから……！」

そう言いつつも、足をガクガクさせて震える栞さん。

いや、これはどう考えても大丈夫ではないだろう……。転びそうだし、誰かが支えた方がいいんじゃ……？

そう不安に思い、俺は彼女の側へ寄る。

瞬間、心配が現実となった。

「キャッ⁉」

手すりから手を滑らせた彼女が、バランスを崩して転んでしまった。

「やばい！」

咄嗟《とっさ》に、栞さんのもとへ滑り込む。幸い彼女が尻もちをつく前に、体を支えることに成功。栞さんを後ろから抱く形になる。

「ふぅ……セーフ」

「な、成瀬《なるせ》君⁉　ごめんなさい……うまく立てなくて……」

「俺は平気だよ。そっちも、怪我《けが》はなさそうでよかった」

よかったと、ほっと息をつく。しかし安心した途端、別の問題に意識が向いた。

手の平に伝わる、柔らかい感触。

俺の右手は彼女の胸を、左手はお腹《なか》をつかんでいた。

しまった……完全にやらかした……！

彼女を支えるためとはいえ、思いっきり触れるべきではない部分に触れてしまっている。

女性特有の、蠱惑《こわく》的なほどに柔らかい感触。そのうえ、彼女の髪から漂う甘い香りも、俺を悶々《もんもん》とした気持ちにさせた。

これはいけない。とにかく、早く放さないと……。

「えっと……それじゃあ、どこかに摑まってくれ」

「う、うん……」

彼女も当然、俺の手の位置に気づいたはずだ。気まずそうに答えて手すりを摑む。それを確認した直後、俺はすぐさま手を放した。

「その……ごめん。わざとじゃ……」

「わ、分かってる……。大丈夫だから、その、言わないで……」

恥ずかしそうにしながらも、穏やかな声で栞さんが言う。

一応、怒ってはないらしい。よかった……今後は気を付けないと。男の分際で女子の体に触るなど、あってはならないことだからな。

「ちょっとしおりん⁉　大丈夫⁉」

恋花さんたちも、栞さんを心配し駆け寄ってきた。

「うん、平気……。でも私、ローラースケートは向いてないかも」

「あー……まぁ、なかなか立てなさそうだよね」

さっきの様子を見るに、練習するにしても大分時間がかかりそうだ。

「迷惑をかけてもいけないし、私は外で見ているから。皆は遠慮なく滑ってきて」

「えっ……でも、栞ちゃんが退屈じゃ……」

「大丈夫。どのみち卓球で疲れていたから、少し休めた方が嬉しい」

そう言い、シューズを脱いでスケート場から出る栞さん。

だがそうなると、栞さんが一人ぼっちになってしまう。それを気にしてか、兎亜さんと恋花さんが顔を見合わせる。

それを見て俺は声を上げた。

「それじゃあ俺も休憩しようかな」

栞さんに続き、俺もシューズを脱ぐ。

「二人は気にせず滑っててよ。俺は栞さんと話してるから」

「えっ？　ちょっと待って、成瀬君」

栞さんが、俺の服の裾を引っ張った。

「別に、私に遠慮しなくていいから。私は一人でも平気だし……」

「いや。実は俺も、ローラースケートは苦手なんだ。だから一緒に休ませてほしいな」

「そ、そうなの……？　私に気を遣ったんじゃなくて……？」

「ああ。俺も卓球で疲れてるしね」

よどみなく言う俺に、「そういうことなら……」と折れる栞さん。

恋花さんたちも、「ソーマ君が一緒なら大丈夫か」と、二人でスケートを再開する。

俺たちは近くのベンチで休憩しながら、そんな彼女たちの様子を眺めた。

よし……。これでゆっくり、恋花さんと兎亜さんのイチャイチャコンビを眺められる。

スケートしながらだとどうしても、滑る方に集中してしまうからな。『栞さんのため』という名目で、俺も見学に回れてよかった。もちろん、彼女を気遣う気持ちもあるけど。

「ありがとう、栞《しおり》さん。おかげでいい思いができるよ」

「えっ？　何が……？」

「ああ、いや。大丈夫。こっちの話」

ついお礼の言葉が出てきてしまった。変な人だって思われたか？

心配して栞さんを見ると、俯《うつむ》きながらもじもじと指を動かしていた。

「……えっと、成瀬君。私の方こそ、ありがとう。さっきはその、助けてくれて……」

「どういたしまして。でも、気にする必要はないよ。俺も、良くないところを触っちゃったし……」

「そ、それは……！　忘れてくれた方が、嬉しい……」

真っ赤になり、さらに俯いてしまう栞さん。余計なことを思い出させてしまったようだ。

まずいな、さっきから失言が多いぞ。ここは黙って百合たちを眺めていた方がよさそうだ。

俺は恋花さんたちに視線を移し、彼女たちの無邪気なじゃれ合いを見守る。

「あ、あの……！」

すると、栞さんが話しかけてきた。

彼女は鞄《かばん》から一冊の文庫本を取り出し、自身の胸の前で掲げた。

「こ、この本……昨日買ったんだけど……」

「へぇ。ミステリー系？　面白そうだね」

「う、うん……家の近くの、古本屋にあって……ちょうど読む本がなかったから……。でも、ついつい買いすぎちゃって……美容院行くつもりだったのに、お金が足りなくなっちゃって……。おかげで、今……髪が長い、です……」

「そ、そうなんだ……？」

伸びた前髪が、栞さんの目を隠すように垂れている。

え……？　結局『髪が伸びてます』って話なのか？　今の。

多分、その本を俺に勧めようとしてくれたんだろうが、要領を得なくなっているぞ。

もしかして俺と二人になって、緊張してしまっているのだろうか。普段恋花さんたちと話すときより、明らかにしどろもどろになっていた。

少し心配に思っていると、栞さんが重く息を吐く。

「駄目だ、私……。こういうの、苦手だ……」

「栞さん……？」

「ごめん、成瀬君……。やっぱり、あっちで皆と遊んでていい」

栞さんが、分かりやすく肩を落とした。

「なんで？　急にどうしたの？」

「だって……私、話すのうまくないから……。特に二人きりだと、何話せばいいかわからなくて……。全然、楽しくないだろうし……」

あぁ。やっぱり気にしてたのか。

栞さん、あの二人と話すとき以外は、クラスでも人見知りだからなぁ。

「別に、そんなの気にしないよ。俺といるときは、無理に会話しなくても大丈夫だから」

「でも……」

「俺はただ、栞さんとここにいるだけで満足だからさ」

「えっ……？」

俺としてはスケートをするよりも、二人でここにいた方が楽しい。なぜなら、ここならゆっくり百合《ゆり》を眺めていられるからな。

「……成瀬君って、変わってる」

「そうかな？」

「うん。だって、私と一緒にいて苦にならない人は、珍しいから」

切り損ねたという長い髪を、指で弄ぶ栞さん。

「少ない友達以外とは、全然うまく喋《しゃべ》れなくて……その友達と話すときも、冷たくて素っ気ない感じになっちゃう……」

「そういえば、兎亜《とあ》さんも言ってたっけ。栞さんは引っ込み思案だって」

「うん……。だから周りと馴染《なじ》めないし、友達もほとんどできなくて……。って、ごめん。こんな話、余計つまらないのに」

自己嫌悪《けんお》を募らせたのか、彼女が再びため息をつく。

「とにかく、無理して私といなくていい。私は、面白い話なんてできないから。こんな素っ気なくて冷たい人間と、仲良くしたがる方が変」

一人でいるのも、慣れてるから。そう言い、俺から顔を逸《そ》らす栞さん。

しかし、冷たい人間か……。

「俺はそう思わないけどな。栞さんが冷たいなんて」

「どうして？」

「だって栞さん、口下手なだけで本当は誰よりも優しいでしょ」

それくらいのことは、普段の恋花《れんか》さんとのやり取りを見ていれば分かる。恋花さんのことを気遣って、注意や口出しをする栞さん。確かに口調は厳しめだが、それは彼女の優しさ故だ。

「普段ああいう言い方になるのは、それだけ本気で恋花さんのことを考えているからなんだよね？」

「それは……」

本気で恋花さんのことを心配しているからこそ、ちょっとだらしない彼女に対して厳しいことを言うのだろう。もしも相手をどうでもいいと思っていたら、あんなに真っすぐ向き合えない。

「厳しいことを言ってでも、恋花さんにちゃんとしてほしいって思ってる。それほど幼《おさな》馴染《なじみ》のことを大事にしているってことは、優しい人間って証明じゃないか」

「べ、別に……そういうわけじゃ……」

照れたように、栞さんが目を逸らす。

「それに本当に冷たい人間だったら、兎亜さんに対してもあんな可愛《かわい》い笑顔は見せないだろうし」

「かっ、可愛い……？　私が……!?」

「うん。実際、可愛いから」

クールに見える栞さんが、無邪気な兎亜さんに振り回されている百合模様は、どれだけ見ても飽きないほど可愛い。

「とにかく、あんまり卑下しないでよ。栞さんが口下手なだけで優しいことは、ちゃんと伝わっているからさ」

そう。口下手で素っ気ない態度の裏に隠れた栞さんの人柄の良さは、他の二人には伝わっているはずだ。たまにそれを忘れて喧嘩《けんか》をしてしまうことはあっても、頭の中ではちゃんと理解している。

冷たい人間に見えがちな彼女が、本当は誰よりも温かい心を持っていることを。

「口下手なせいで、栞さんと接しづらいと思ってる子も多いらしいけど……栞さんのことを分かってくれている人も、一緒に喋るのを楽しめる人も、ちゃんとココにいるんだから」

「成瀬《なるせ》くん……」

「あと、もし口下手なこととかで悩んでるなら、誰かに相談しないとダメだよ？　一人で抱え込まないで、たまには素直に弱音を吐くのも大事だから。ちゃんと周りに相談してほしい」

栞さんは、見た目のクールさから想像するほど心の強い人じゃない。優しいけれど孤独を抱えやすい、一人のか弱い女子なんだ。

そんな彼女が普段と違って弱音を吐露し、それを恋花さんや兎亜さんが慰める……。絶対に尊いシチュエーションだ。是非、その様子を陰から見せてもらいたい。

だから時々彼女には、悩みを吐き出してもらいたいものだ。

「うん、ありがとう……。これからはそうするね」

珍しく、素直にうなずく栞さん。俺の言葉が響いて良かった。

これでまた、近い内に尊い百合を眺められそうだ。

「私のこと……そんなに分かってくれてたんだね。ちょっと、びっくり」

「そうかな？　これくらい、同じクラスにいれば分かるよ」

「でも……こんなに優しいこと、男子から言われたのは初めてだから……」

それはよかった。男子とは極力絡《から》んで欲しくないから。

「これからは、悩んだらちゃんと（成瀬君に）相談するから」

「うん。いつでも（兎亜さんたちに）相談してね」

※

ローラースケートを終えた後。次に来たのは、下階にあるゲームセンターだった。

さすがに兎亜さんたちもたくさん体を動かして、スポーツの気分ではなくなったようだ。

ゆったり遊べるゲームはないかと、四人で一緒にフロアを巡る。

ふと、兎亜さんが小走りで駆けだした。

「あっ！　見て見て～！　鳥さん可愛いよ～！」

彼女が向かった筐体《きょうたい》は、クレーンゲーム。景品には、大きなぬいぐるみが転がっていた。つぶらな瞳が可愛らしい、真っ白な鳥のぬいぐるみだ。

「シマエナガのぬいぐるみだって～！　わたし、鳥さん大好きなんだ～」

「うわ、メッチャ可愛いじゃん！　ってかここ、他にも可愛い景品多くない？」

「うん。隣の猫ちゃん、私好きかも……」

琹さんが、別の筐体の前に立つ。すやすやと寝ている猫のぬいぐるみに、釘付《くぎづ》けになってしまっていた。

「たしかに猫ちゃんも可愛いねぇ～。ちょっと挑戦してみようか！」

そう言い、小銭を取り出す兎亜さん。

「兎亜、クレーンゲーム得意なの？」

「ふふふ～♪　見ててよ。結構自信あるんだ～」

慣れた手つきで小銭を投入。軽快なメロディーが筐体から流れ、ボタン操作でクレーンを動かす。

「ん～。この大きさでこの位置なら～……まずは、重心を狙って～……」

なにやら呟《つぶや》きながら、猫の頭をクレーンでつかむ。するとアームが頭をしっかりキャッチし、ぬいぐるみがグイッと持ち上がった。

「わっ……兎亜、すごい……！」

「えへへ～♪　ここのアーム結構強いよ。これならすぐに取れるかも」

さすがに一撃では取れなかったが、景品は一発で取り出し口に近づいた。

それから二回ほどの挑戦で、兎亜さんが見事に景品を獲得。

「はい、栞《しおり》ちゃん！　猫ちゃんどうぞ～」

「あ、ありがとう……！　お金はちゃんと払うから」

「これくらいいいよ～。恋花ちゃんも、何か欲しい子いたら言ってね？」

「マジで⁉　それじゃあ、あっちのクマさんとかイケる⁉」

「任せて！　多分余裕だよ！」

再び小銭を手にして、違う戦場へ向かう兎亜さん。そして今度も言葉通り、数回のチャレンジで景品を取った。

「やった～！　取れた～」

「うわ、兎亜ちんマジスゲー！　イエーイ！」

「いえ～い！」

ハイタッチを交わす、恋花さんと兎亜さん。

さらにそれからも兎亜さんは、二人のリクエストに応えながら、景品をじゃんじゃん取っていく。

「兎亜ちん、ヤバイね！　こんなクレーン上手《うま》かったんだ⁉」

「これはすごい。本当に尊敬する」

「そうでしょ、そうでしょ～。どやぁ？　どやぁ？」

褒められて、調子に乗る兎亜さん。そのドヤ顔がなんとも可愛らしい。

愛され系少女の兎亜さんが、女の子たちにクレーンゲームで無双して、その景品を取りまくる。可愛いのにイケメンムーブが似合うとは、彼女には攻めの素質があるな。

兎亜さんがケンカップルたちを侍《はべ》らせる。そんな様子も尊いわぁ。

「あれ、でも……」

ふと、気が付いた。

兎亜さんが、二人の欲しがる景品ばかり取っていて、自分の目当ての景品には未《いま》だに手を付けてないことを。

※

「あ！　壮真《そうま》君は何か欲しいものはないかな？」

しばらく後、兎亜さんが俺に話しかけてきた。

他の二人は、兎亜さんに取ってもらった景品を入れる袋をもらいに、店員さんのもとへ行っている。

「なんでも取ってあげるよぉ～。わたし、クレーンゲームは得意だからね！」

「ありがとう。でも、俺は大丈夫。特にぬいぐるみは集めてないから」

「そう？　ちょっと残念だなぁ～。せっかく恩返しできそうだったのに」

「さっき奢《おご》ってもらったし、恩返しはもう十分だって。それより……はいこれ。受け取ってほしい」

「え？」

俺は事前に用意していた、ゲームセンターの袋を差し出す。

その中には、さっき兎亜さんが注目していたぬいぐるみ。

「わぁ……！　これ、シマエナガちゃん！　壮真君、なんで？」

「さっき欲しそうにしてたから。兎亜さんが二人の分を取ってる間に、挑戦してみた」

これは、俺なりの応援の気持ちだ。仲の良い幼馴染ケンカップルに猛アタックしなければいけない、兎亜さんへの差し入れだ。

「よかったらどうぞ。俺もクレーンは得意だからさ」

「あ、ありがとう！　大事にするね！」

ぬいぐるみを取り出し、兎亜《とあ》さんがギュッと抱きしめる。

「えへへ……ふわふわだぁ……かわいぃ……」

ぬいぐるみの感触を確かめて、へにゃりと頬を緩める兎亜さん。ぬいぐるみの頭を優しく撫《な》でている。

小さな女の子が大きなぬいぐるみを抱きしめる姿は、この上なく微笑《ほほえ》ましいものだった。

「壮真君、本当にありがとう。気遣ってくれて、優しいんだね？」

「いやいや、兎亜さんほどじゃないよ。そっちこそ、今日はずっと皆を気遣っていたから」

「え？　何のこと？」

ピンと来ていないようで、キョトンと首を傾《かし》げる兎亜さん。

「あれ？　無自覚だった？」

ここに遊びに来てからというもの、兎亜さんはずっと俺たちに気を配ってくれていた。

卓球が終わった後は俺たちに飲み物を持ってきてくれたし、ローラースケートで栞さんの不調に気が付いたのも、兎亜さんが最初だ。それに今も、自分が欲しい景品よりも、他の二人が欲しがるものを優先して取ってあげていた。

さすがは俺の推しといったところか。こういうところは人間的にも尊敬できる。

「ほんと、兎亜さんはすごく気が利《き》くよ」

「う、ううん……。それくらい、普通のことだから」

「普通じゃないって。兎亜さんって実は、真面目で面倒見の良い性格だろうし」

兎亜さんは見た目が可愛《かわい》いから皆に甘やかされている。そのせいで誤解されがちだけど、意外と彼女が自分から甘えることは少ないのだ。むしろ周りが甘えてしまうほど、いつも周囲に気を配っている。そんな誰より『しっかり者』な女子。それが兎亜さんの本性だ。

「や、やめてよ壮真君……。なんか、ちょっと恥ずかしいよぉ……」

「ごめん。でも、普段から見て知ってたからさ。ほんと、兎亜さんはすごいよね」

栞さんたちが喧嘩した時はうまく仲裁しようと考えていたし、普段からケンカップルが言い合う時も、さりげなくフォローの言葉を入れていた。

あの二人にとって兎亜さんは、今やなくてはならない存在だろう。

「そ、そうかな……？　えへへ……照れるなぁ……」

シマエナガのぬいぐるみで、赤くなった顔を隠す兎亜さん。

「でも……ちょっと嬉《うれ》しいかも。それだけ、わたしを見てくれてたんだね……？」

「まぁ、クラスメイトだから」

本当は百合《ゆり》が尊いからだが、さすがに正直には言えない。

「えへへ……『真面目で面倒見が良い』なんて、褒められたのは初めてだなぁ。家族にだけはよく言われるんだけど」

「へぇ。やっぱり家族は分かってるんだ」

「ふふ〜ん。実はわたし、こう見えてお姉ちゃんなのです！　下に双子の妹がいてね？　昔からよく面倒を見てるんだ〜」

それは知らなかった。兎亜さんの面倒見の良さは、長女だからだったのか。

「二人とも、すっごく可愛いんだよ〜？　ちょっとおバカさんで成績が悪いのは心配だけど……でも、根はいい子たちだから！」

「そっか。でも……そうなると少し心配かな」

「心配？」

妹の面倒を見ているということは、学校でも家庭でも、気を配り続けているということだ。兎亜さんが心休まるときが無いんじゃないかと、心配になる。

「気を遣ってばかりだと、いくら兎亜さんでも疲れるんじゃないかな」

「そう……かな？　あはは。確かにそうかも」

俺の指摘に、兎亜さんが乾いた笑いを見せる。

「わたし、普段は自分より他人のことが気になっちゃって……。頼るより、頼られる方が得意だから。少し大変な時はあるかな」

「やっぱり。たまには誰かに心の底から、甘えることも大事だよ」

「でも、甘えるって誰に？」

「決まってるでしょ。兎亜さんの、すぐ身近にいる人にだよ」

恋花《れんか》さんと栞さんを念頭に置いて、俺は言う。

「気遣いは忘れて、思いっきり自分のために甘えてほしい。その方が、俺も嬉しいから」

「そ、壮真君……！」

兎亜さんがたまに二人に甘える様子は、悶絶する程可愛いからな。いつ見ても心が洗われる。個人的には、もっとペースを増やしてほしい。

二人に気を配りながらとかじゃなく、もっと自分から全力で甘えてもらいたい。きっと、素晴らしく尊い百合が見られるから。

「ありがとう……！　分かった！　それじゃあたまには……（壮真君に）甘えちゃおっかな！」

「ああ。ぜひ（恋花さんたちに）甘えてくれ！」

新しい百合の芽吹きを感じ、俺は満足感でいっぱいになった。

※

クレーンゲームでひとしきり遊び、ゲーセンをぐるっと回った頃。

いつの間にか時間は、十七時を過ぎていた。

「ふぅ……大分遊んだし、そろそろ帰った方が良いんじゃないかな？」

あまり遅い時間になると、女の子たちが心配だ。そう思い、三人に声をかける。

「確かに、暗くなる前には帰りたい」

「そうだね～。あっという間にこんな時間だよ～」

二人が頷《うなず》き、そろそろお開きのムードになる。しかし――

「ちょっと待って！　最後に、アレだけやってこーよ！」

恋花さんが指し示したのは、綺麗《きれい》な女性の顔が目立つ筐体《きょうたい》。プリクラだった。

プリクラか。いいな。女子三人で、今日の記念に写真撮影。肩を寄せ合ったり、ハグしたり、尊い写真が撮れそうだ。

「さんせ〜い！　プリクラ久しぶり〜」

「今日の記念にさ！　四人で撮ろ！」

え……？　俺も……？

恋花さんの言葉に、思考が止まった。

「わ、私……写真はそんなに……」

「えー！　たまにはいーじゃん、しおりん！　ねっ、ソーマ君も撮りたいっしょ？」

「いや。俺は別に――」

「はいはい、いーから！　早く撮るよー！」

有無を言わさず、恋花さんが俺を筐体へ連れ込む。

なぜだ？　なぜ彼女たちが、好きでもない男（オレ）をプリクラへ誘う……？

「でも、男子と撮るのって初めてかも！　いつも女同士で撮るだけだからさー！」

その言葉に、ピンと閃《ひらめ》いた。

そうか……！　俺が一緒に写ることで、自分たちの関係を周囲に隠すつもりなんだ！

彼女たちのようなカップルは、周りから冷やかされることもあるだろう。「ねぇねぇ、キミたち付き合ってんの～？」「いつもどんなデートしてんの～？」などと、絡《から》まれることがあるかもしれない。

そんな時に男と写った写真を見せれば、多少は誤魔化しやすくなる。つまりは、俺をカモフラージュに使うつもりなのか！

それは素晴らしい作戦だ。彼女たちの力になれて、俺としても心から嬉しい。

本当は彼女たちだけが写ったイチャ百合プリクラを見たくはあるが、ここは協力するとしよう。

続けて、兎亜さんが栞《しおり》さんを連れてきた。

「栞ちゃんも、恥ずかしがらないで～。可愛いから大丈夫だよぉ～」

「う、うぅ……可愛くないぃ……」

容姿を褒められ、もじもじと否定する栞さん。いや、兎亜さんに攻められるあなたの姿は、どう考えても可愛らしいぞ。

「それじゃ、始めるよー！　準備いいねー？」

恋花さんが小銭を投入。背景や人数を選択し、撮影を開始してしまう。

「ほらほら、皆くっついてー！　仲良い感じ、出してこー！」

恋花さんの指示で、兎亜さんと栞さんが撮影スペースでくっついた。恋花さんと栞さんが、真ん中にいる兎亜さんを、左右からハグするようなポーズだ。

あっ、ヤバイ……百合プリクラ、メッチャ尊いんだけど。小さくて愛らしい兎亜さんを、恋花さんと栞さんが両側から取り合うような構図。兎亜さんがモテモテになってるみたいで、とてつもなく愛《いと》しい光景だ。

「ソーマ君？　なにしてんのー？　早くおいでよ！」

「えっ？　あっ……」

そうか。俺も参加してるんだった。

しかし、ただでさえプリクラは初めてだ。どうすればいいのか分からない。

「ほらほら、あーしの横おいで！　遠慮なくくっついていいからさ！」

「いや、でも！　さすがにそれは……」

「大丈夫だって！　セクハラー、とか言わないし！」

恋花さんが俺の腕を摑《つか》んで、引き寄せる。そして急かす彼女の勢《せ》いに負け、俺は彼女の隣に並んだ。兎亜さんにハグする恋花さんに、軽くハグをするような形だ。

これは、羞恥心と罪悪感がすごい。恋花さんに密着し、さらには軽く抱くような姿勢。

女子特有の甘い香りや、ほんのり伝わる体温が、俺の頭をクラクラさせる。

『それじゃあ、行くよぉー！　３、２、１――』

パシャリという撮影音と、フラッシュがブースを包み込む。

そして、すぐさま次の撮影へ。

「ねえ、みんな！　何かやりたいポーズない？」

最もギャルギャルしい恋花さんが、率先して皆へ問いかけた。

「私は別にそういうのないから……」

「う～ん……四人でってなると、難しいよね～。せっかくなら、色々試してみたいけど」

次のポーズに悩む女子たち。当然、俺も分からない。

「あ！　じゃあさ、せっかくだからソーマ君を活《い》かす形にしようよ！」

「えっ？」

「ほらほらこっちー！　真ん中で、ちょっちかがんでねー！」

またもや恋花さんに引っ張られてしまう。そして、センターへと移動させられる俺。

今度は何を撮らされるんだろう……？　できれば、あまり恥ずかしくない構図だといいけど。

「んじゃ、皆でソーマ君にハグしちゃお～！」

「ええっ⁉」

驚愕《きょうがく》のあまり、声が裏返った。

女子全員で俺にハグ……!? カモフラージュのためとはいえ、すごく恥ずかしい構図ができた！

「ちょっ、恋花！ バカ！ そんな恥ずかしいこと……！」

「いーじゃん！ こんなのノリじゃん、ノリ！ せっかくソーマ君と来たんだし、仲良さげな一枚撮りたいじゃん？」

「わたしはいいよ～。壮真《そうま》君なら抵抗ないもん！」

兎亜さんも恋花さんの案に乗る。

「ほらー。兎亜《とあ》ちんもこう言ってんじゃん。しおりんも覚悟決めなってー」

「で、でも……」

照れるあまり、顔を伏せる栞さん。

たしかに、好意のない男とハグするなんて、嫌だよな。特に栞さんは奥手だし、より抵抗が強いんだろう。

「えっと……栞さんが嫌なら、強要しないほうがいいと思うけど」

「あっ、待って……！ 嫌ってことでは、全然ないから……」

咄嗟《とっさ》に否定する栞さん。いや、優しすぎるよ。こんな時にまで、俺を気遣わなくてもいいのに。

「んじゃ、決まりだね！　はいはい、並んでー！」

結局、恋花さんの案で撮ることに。彼女たちが俺を取り囲む。

兎亜さんが俺の右側に、栞さんが左側に。さらに恋花さんが後ろに陣取った。

そして――

「それじゃあ、失礼しまーす」

恋花さんが、優しく俺にハグをした。

「っ……！」

両腕を俺の首元に回し、体をくっつける恋花さん。彼女の存在感ある大きな胸が、俺の背中に押し付けられる形になった。柔らかくも、張りのある感触。背中に感じる弾力の圧倒的な心地よさに、胸の鼓動が早くなる。

しかし、それに気を取られる暇もなく――

「えへへ……よろしくね、壮真君」

兎亜さんが、俺の右腕を軽く抱いた。はにかんだ笑顔で、甘えるように身を寄せる彼女。見た目が幼い彼女に寄り添われると、なんだか守ってあげたくなるような、頭を撫《な》でたくなるような、庇護《ひご》欲めいたものが湧き上がる。

さらには、俺の左腕に――

そうだ。
はなさそうで、顔を赤くしながらもじもじとしている。明らかに兎亜さんよりも恥ずかし
棸さんが、控えめに抱き着いた。無言で俺の腕に触れる彼女。しかし嫌々というわけで
「……っ！」

『それじゃあ、行くよぉー！　3、2、1――』

再びカウントダウンが始まる。

伴って、三人がさらに俺へ密着。彼女たちの体温を、文字通り肌で感じられる体勢。

学年でトップクラスの可愛《かわい》い女子たちに囲まれて、どんどん顔が熱くなってくる。三方向から良い匂いがして、体のあちこちを柔らかい彼女たちに触れられて……。羞恥心に胸がムズムズして、どうにかなってしまいそうだ。

そしてシャッターが、パシャりと切られた。

カモフラージュのためとはいえ、やはり死ぬほど恥ずかしい。まさか俺が、女子たちに囲まれて抱き着かれている写真を撮ることになるなんて……。

これ以上ドキドキするようなことは、きっとこの世には無いだろうな。

「よーし！　んじゃ次は、ソーマ君があーしたちをギュってしてて！」

恋花《れんか》さん……それは勘弁してください。

※

「ふぅ……さすがに疲れたな」

写真撮影が終わった後。

俺はプリクラの落書きを楽しむ恋花さんたちのもとを離れて、男子トイレで一息ついた。

「でも、なんだかんだで収穫はあったよ」

一日をざっと振り返る。

今日は彼女たち一人一人と話す中で、新しい百合《ゆり》の種をまくことができた。恋花さんも、栞さんも、兎亜さんも、皆心に悩みや辛《つら》さを抱えていた。そして俺は彼女たちに、そういった悩みや心の弱さを、女子同士で支え合う様にアドバイスできた。

これによりきっと、彼女たちは深く関わり合ってくれるはず。そうなれば、今まで以上に見ごたえのある百合絡みを楽しめるだろう。

百合を手助けするために「あーん」をされたり、プリクラを撮ったり、大変なこともあったけど、とても有意義な時間だった。

「可愛いイチャイチャも楽しめたし！　やっぱり、あの子たちはベストカップルだ！」

さて、そろそろ恋花さんたちも、プリクラの落書きを終えているはずだ。時間も遅いし、最後に彼女たちを駅まで送り届けるとしよう。

トイレを出て、プリクラの筐体《きょうたい》のある場所へ戻る。

「ねぇねぇ君たち〜。今時間あるかな？」

男の声が聞こえてきた。

「え？　あーしたち……？」

「そ〜そ〜。僕たち、今からご飯行くんだけど〜。よかったら、一緒に行かないかな？」

「もちろん、金は俺たちが出すぜ」

見ると、恋花さんたちに二人の男が群がっていた。

眼鏡をかけた背の高い男に、体格の良い男の二人。

「あ、あの……わたしたち、もう帰るので……」

「んなこと言うなよ。付き合えって」

「キャッ！」

ガタイの良い乱暴そうな男が、兎亜の腕を摑もうとする。

兎亜は咄嗟に身を引いたが、怯《おび》えてプルプルと震えてしまう。

「やめて！　兎亜に近づかないで！」

「そーだよ！　アンタら、マジ何なの⁉」

琹さんと恋花さんが、兎亜さんをかばう様に立つ。

「わ〜、怖い。そんなに睨《にら》まないでよ」

「どうせなら、俺らも交ぜてくんね？　三人でイチャイチャやってたんだろ？」

ニヤニヤしながら、二人で彼女らを囲む男達。

これは間違いない。ナンパだ。

そして、男どものあの言動……典型的な、百合に挟まろうとする馬鹿どもだ。

「おい」

「あ？」

彼らに歩み寄り、声をかける俺。

男たちが、こちらに振り向いた。

「なんだお前？　こいつらの連れ？」

「だったら、悪いけど帰ってくれない？　彼女たち、僕らと遊びに行くからさ」

「……」

男たちの言葉を無視し、俺はポケットに手を入れる。

そして、財布を取り出した。

「ん……？　なに君。お金で許してもらおうって？」

「うわ、情けねー。まぁ、金額によっては考えてやるよ」

財布を開き、小銭を手にする。

俺はそれを、すぐ隣にある筐体へ入れた。パンチングマシーンの筐体に。

「おい、なんだお前。一人で遊んでんじゃねーよ！」

意味不明な行動に、ガタイのいい男が向かってくる。

俺は無視を続けて、拳を握る。そして、思い切り突きを繰り出した。

パンチングマシーンの的に向かって。

「らぁっ！」

ズドン！　とけたたましい音がなり、拳を受けた的が倒れる。

そして表示されたパンチ力は──３５０kg。

「げっ⁉」

「うわ、マジ……？」

その結果に、男二人が目を瞠《みは》る。なかなか出せない、平均を遥《はる》かに超えたレベルのパンチ力である。

俺は男たちを睨みつける。

「俺の友達に、何か用でも？」

「い、いや……なんでも、ないかな……」

「もう行くから……二度と、関わらねぇよ……」

すごすごと去っていく男たち。ふぅ、と安堵《あんど》のため息がこぼれた。

「成瀬《なるせ》君！　大丈夫⁉」

入れ替わるように、栞《しおり》さんたちが駆け寄ってきた。こちらを心配する顔で。

「うん。俺は何とも。皆こそ、怖い思いをしたね」

特に兎亜さんは、かなり怯えていたからな。『平気だった？』と声をかける。

「う、うん。ありがとう。もう大丈夫！」

「ってか、ソーマ君すごくない⁉　あーし全然詳しくないけど、あいつらがビビるほどのパンチ力なんでしょ⁉」

「んー……まぁ、そうかな。あれで怯えてくれて良かった」

俺は喧嘩《けんか》なんてしたことないから、向かってこられたら危なかった。それにここのパンチングマシーンは調整がうまくされてないのか、やや高数値が出やすいんだよな。コツさえ知ってれば、割と誰でもあれくらい叩《たた》ける。

とにかく、なんとか助けられてよかった。

百合に挟まる馬鹿どもを、見過ごすわけにはいかないから。

「壮真君、とってもかっこよかったよ！　守ってくれてありがとう！」

「おかげで、本当に助かった……。また、成瀬君への恩が増えたみたい」

「気にしなくていいから。それより、そろそろ帰ろうか。駅まで送らせてもらうから」

また変な奴《やつ》らに絡《から》まれても困る。新たな問題が起きないうちに、俺たちはゲーセンを後にした。

※

駅で壮真《そうま》と別れた後。

恋花たちはお互いの帰路につく前に、構内の隅で話をしていた。

「あぁぁぁぁ〜〜〜〜！　ソーマ君、カッコいい〜〜〜〜！！！」

「ちょっと恋花。声大きい。迷惑」

「だって、アレめっちゃカッコよかったじゃん！　ソーマ君、パンチ！　ズドーン！　って！」

「分かった、分かったから……周りの人、皆こっち見てる……」

「でも、分かるなぁ〜！　わたしも、ドキドキしちゃったもん！」

「だしょー⁉　しおりんだって思ったでしょ⁉　ソーマ君、マジでやべーって！」

「それは……当たり前。あんなの、女の子だったら誰でも……」

「わ〜。栞ちゃん、顔赤いよ？　もしかして〜……落ちちゃった？」

「そ、それは……！」

「分かるよー、しおりん。あーしも、マジで心臓ヤバイもん。ってか、皆同じじゃね？

ぶっちゃけ兎亜《とあ》ちんも、ソーマ君のこと好きピっしょ？」

「……えへへへ…………」

「ほらー！　やっぱり！　でもそりゃそっかぁー。あんなの、カッコよすぎるもんね」

「うん……。成瀬君、すごく格好よかった」

「あ〜あ。もっと壮真君と仲良くなりたいなぁ」

「だよねー！　……じゃあさ、いっそみんなで協力しない？」

『協力？』

「だって、二人ともソーマ君のこと気になってんでしょ？　じゃあ明日からも三人で、ソーマ君とガンガン絡んでいこうよ！」

「別にいいけど……なんで三人で？　一応この構図、私たち皆ライバルになるのに」

「だって……一人で話しかけるの、恥ずいじゃん……」

「わっ……！　恋花ちゃん、今ちょっと可愛かったかも！」

「意外とそこは純情なんだ……プリクラではくっついてたくせに」

「あの時はまだ、ガチ惚《ほ》れまではしてなかったし……。とにかく！　皆で協力して、あーしたちに夢中になってもらおうよ！」

「そうだね！　皆で一緒にアピールしよう！」

「……分かった。賛成。私も、もう少し自分からいかないと……！」

「おっ。しおりんまでやる気になるとは……。やっぱ、皆本気だね」

「まずは、もっと壮真君と仲良くなろー！」

第三章　気が付いたら、挟まれていました

休み明けの月曜日。学校へ向かう俺の足取りは軽かった。

「今日も俺の百合《ゆり》たちは元気だろうか？」

この時間なら先に教室にいるであろう、三人の百合たちに思いを馳《は》せる。

今日も今日とて、彼女たちのイチャイチャを楽しませてもらおう。

「今日はどの絡みが熱いかな？　兎亜×栞かな？　栞×恋花《れんか》かな？」

イチャイチャ模様を想像しながら、ニヤけそうな顔を引き締める。

そうして校門を抜けたところで――

「よっ、壮真。デートはどうだった？」

稔《みのる》に声をかけられた。

「デート？　何のこと？」

「とぼけるなよ。週末、恋花さんたちとお出かけしたんだろ？」

「ああ、アレか。うん。素晴らしいデートだったよ！」

よくぞ聞いてくれたと、俺はテンションを上げて語る。

「何が良かったたって、まずはアレだね！　恋花さんたち三人が、ケーキを食べさせ合ってたんだよ！　しかも栞さんが、恋花さんに対して素直に口を開けててさ！　それから、兎亜さんとイチャイチャ食べさせ合う二人も、この上なく可愛《かわい》かったなぁ……。ほんと、最高の百合デートだった！」

「おい、待て。そうじゃねぇ。誰も百合のことは聞いてねぇ」

稔が、不満そうに眉をひそめる。

「俺が聞いてるのは、お前と彼女たちのデート話だ。さぞかし、女子にイチャイチャされてきたんだろ？」

「え？　そんなの全然なかったけど」

稔は何を言っているんだろうか。俺が百合デートの邪魔をするわけがないのに。

「前も言ったけど、俺は男除《よ》けとしてついて行っただけだよ。たしかに、ケーキを食べさせてもらったりとか、一緒に卓球したりとか、一緒にプリクラ撮ったりはしたけど。全部百合をサポートするためだ。イチャイチャしてるわけじゃない」

「おい、待て。一緒にプリクラ撮ったのか？　見せろよ！」

「え、うん。これだけど」

昨日分けてもらったプリクラを、財布の中から取り出して見せる。

「おい、これ！　完全にイチャイチャしてんじゃねーか！　しかも皆から抱き着かれてるし！　百合に挟まる男だろ、これ！」

「馬鹿だなぁ。これはカモフラージュ用に俺が使われてるだけだよ。あの子たちは好き同士なんだから、仮に挟まろうとしても挟まれないって」

稔は本当に、何もわかってないんだな。この前も、彼女たちに挟まる余地はないって説明をしたばっかりなのに。

「うん……。やっぱりお前、気持ち悪いわ。百合信者過ぎて頭おかしい」

「別に、百合なら何でも良い訳じゃないから。俺はあの三人の関係性が好きなんだ」

なんて話をしていたら、いつの間にか教室の前に着いていた。

わからずやの友人にため息をつきながら、俺は教室の扉を開けた。

「うっわ〜！　何これ、ヤバくない⁉　しおりん、メッチャ可愛いじゃん！」

まず聞こえてきたのは、栞さんをとり囲む恋花さんたちの声だった。

そして栞さんはいつもと違い、丸く束ねた状態の髪を後頭部でまとめている。いわゆる、お団子ヘアーというやつだ。

「そのヘアアレンジ、すっごくいいね〜！　栞ちゃん、いつもと雰囲気違うよ〜？」

「そ、そう……？　適当に弄《いじ》ったら、こうなっただけで……」

「いやいや、ちょー気合い入ってんじゃーん！　でもマジ、かわよー！　お団子、メッチャ似合ってんよ！」

「う、うるさい……。あんま言うな、バカ……」

「んふふ～。照れてる栞ちゃんも、可愛いよぉ～」

「ちょっと……兎亜もからかわないで……」

栞さんのお団子を触る恋花さんと、同じく頰をプニプニつつく兎亜さん。そして栞さんは嫌がるフリこそすれど、二人を振り払ったりはしない。

「ってか、やっぱアレ？　いきなりアレンジしたのってさー」

「もしかして、──君が原因だったり～？」

「ちがっ……違う！　そうじゃないもん……！」

ニヤニヤした目で栞さんに詰め寄る二人と、なぜかますます照れている栞さん。

そんな彼女たちの様子が、傍《はた》から見ていて可愛すぎた。

「でも、しおりん見てたらアタシもアレンジしたくなってきたな～。せっかくだし、みんなでいろいろ髪弄ってみない？」

「さんせ～い！　一人じゃセットしにくいもんね！」

そう言い彼女たちは、ヘアアレンジタイムへと突入。お互いの髪を仲睦《むつ》まじく触り合い出した。

「うわっ！　兎亜ちんの髪メッチャふわさら～。しかも良い匂いすんね、コレ」

「え～、わたしより栞《しおり》ちゃんの方が良い匂いするよ～。どこのシャンプー使ってるの～？」

「別に、特別なものは……。お母さんが買ってる『JUPITER』ってやつを……」

「あー！　それメッチャいいやつじゃん！　あーしも欲しいけど高いんだよね～」

兎亜さんの髪を恋花さんが弄り、恋花さんの髪は栞さんが整える。

女子同士がお互いの髪を弄り合う様子は、なぜこんなに心くすぐられるのだろうか。一層仲睦まじい感じが際立《きわだ》ち、百合妄想を捗《はかど》らせる。

と、席に座って彼女たちを眺めていると――

「ねーねー、どうかなソーマ君！」

「え……？」

突然、恋花さんが駆け寄ってきた。

「あーし、ポニテにしてみたんだけどさ！　この髪形どう？　似合ってるかな？」

彼女はいつものストレートと違い、綺麗《きれい》な髪を後ろで結んでポニーテールを作っていた。

まとまって揺れる金髪に、つい視線が吸い寄せられてしまう。

どうやら、ヘアアレンジが終わったようだ。でも、なんでわざわざ俺に感想を聞きに来た？

それも、恋花さんだけじゃない。

「突然ごめんね？　壮真《そうま》君。ついでに私の感想もいいかな～？」

両サイドに可愛らしい三つ編みを作った兎亜さんが来る。

さらにその後ろには、さっき見た通りのお団子ヘアーをした栞さん。

「わ、私は別に、感想なんて……」

「はいはい、しおりん。恥ずかしがらない。せっかくイメチェンしたんだからさ！」

オドオドする栞さんを俺の前へと引っ張る恋花さん。

三人とも、女子らしくて非常に可愛らしいヘアアレンジだけど……それはともかく、待ってほしい。感想を求められる前に、俺の方から質問したい。

「三人とも、なんで俺に？」

「やっぱ男子の意見もほしーじゃん？　オシャレには異性の目も大事！」

「壮真君の率直な感想を聞かせて！」

「私は、その……似合ってないと思うけど……」

期待や不安。それぞれの表情で俺の返答を待つ三人。

あぁ、なるほど。そういうことね。女子にとってオシャレは重要なもの。そういう意味では、男子の目も気になるらしい。

「大丈夫。ちゃんと似合ってるよ。栞さんの髪形、可愛いと思う」

「えっ……！　本当に？」

「うん。恋花さんのポニテと兎亜《とあ》さんの三つ編みも、それぞれ新鮮で似合ってると思うよ」

それは嘘《うそ》偽りない本心だ。オシャレは全く分からないけど、少なくとも今の彼女たちは可愛い。

「あ、ありがとう……。やった……！」

「えへへ……わ～い！　嬉《うれ》しいなぁ～！」

「っしゃー！　やばっ、マジ上がる……！」

褒められたからか、頬を緩める彼女たち。

俺としてはそういう反応は、女の子同士で褒め合いながらしてほしいけど。

「とにかく、心配しなくていいよ。男から見ても、ポイント高いと思うから。じゃあね」

彼女たちが俺から離れるよう、それとなく会話終了の意思を伝える。

恋花さんたちと直接絡《から》むより、彼女たち三人のやり取りを眺めている方が俺には合ってる。ここのところデートに付き合ったりして、ゆっくり眺められてはいないし。久しぶりに、離れて百合を観賞したい。

「ありがとー、ソーマ君！　ってか、ソーマ君髪に寝癖ついてね？　ついでだし、そっちも弄ってあげるよー！　あーしのワックス分けたげるー！」

「え？」

恋花さんが謎の提案をしだした。

「あっ！　わたしも手伝うよ～」

「私も。結構、あちこち跳ねてるから」

なぜか彼女たちが俺をとり囲む。

「いや、ちょっと……直すなら、俺が自分で――」

「いいからいいからー。失礼しまーす」

恋花さんが俺の後ろに回り込み、髪の毛をわしゃわしゃ触りだした。

「うひゃあ⁉」

「あははっ！　何その声ー？　かわよー」

「あっ、ごめん……」

「いや、謝んなくて大丈夫だってー」

ウリウリと、俺の頰を指でつつく恋花《れんか》さん。

なんだこれ？　この状況はなに？

どうして彼女たちは、俺の髪を弄って遊んでいるんだろうか。こういうのは、女子同士だからこそのスキンシップだと思うんだけど。男除けのためとか、ぼっち気味な俺への気遣いとか、カモフラージュのためとかにしても、ここまでやる必要はない。

「あ、あのさ……なんで、こんなことしてくれるの？　普通、男子の髪なんて触らないよね？」

恋人とか好きな相手でもなければ、他人の髪なんて触らないはずだ。

「あー。それは、えっと……アレだよ！　あーし、美容師にちょっと憧れててさ。セットだけでも慣れときたいなーって」

「美容師？」

なるほど。その練習のためなら納得だ。男の髪に触る経験も、今のうちに積んでおきたいのだろう。

「わたしも美容師さんごっこしたくて！　壮真君なら付き合ってくれるかなって！」

「わ、私も……同じ理由」

まさか三人とも同じ職種に興味があるとは。もしかしたら将来、彼女たち三人が働く百合《ゆり》美容院が見られるんじゃないか？

「わぁ〜。壮真君、髪の毛太くて立派だね〜。寝癖つくとなかなか直らないでしょ？」

「せっかくだから、整えながら毛先もちょっと遊ばせてみる？　その方がもっと格好良くなりそう」

キャッキャとはしゃぎながら、優しい手つきで俺の髪に触れる彼女たち。

なんだか、ちょっと気恥ずかしい。同級生の女の子に髪を触られる経験なんて、これまで一度もなかったから。

頭を撫《な》でられているようで、ムズムズするような気分になる。

「恋花。私にもワックス分けて。こっちは私が整えるから」

「おっけ！　あとは固める用のスプレーがあればいいんだけど……」

「あ、わたしスプレー持ってるよ〜。ソフトタイプだけど大丈夫かな？」

彼女たちはしばらく俺の髪を弄って遊ぶ。わしゃわしゃと全体にワックスをなじませ、手分けして毛束を作っていく。

俺のことでキャッキャと嬉しそうにはしゃぐ彼女たち。まるで人気者のように異性から囲まれる状況に、どんな顔でいるべきか分からなくなった。

「なになに？　みんな楽しそうじゃん！」

ふと聞き覚えのある声がする。

見ると、百合に挟まる男こと、佐藤が側《そば》に立っていた。

「みんな成瀬《なるせ》で髪弄る練習してんでしょ？　それなら俺の髪も整えてくれよ～。自分じゃ上手《うま》くキマんなくてさ～」

こいつ……。前に注意したばかりなのに、また性懲りもなく近づいてきたな？

でもまぁ、今は女子たちだけでイチャついてるわけじゃないから、いいか。それに佐藤の提案は、彼女たちにとってもプラスなはず。

せいぜい俺と同じように、百合たちの経験値になるがいいさ。

と、思いきや――

「ごめん、佐藤君。今あーしら、ソーマ君と話してるから」

「ごめんね～？　ちょっと手が離せないんだ～」

「悪いけど、他を当たってほしい」

女子三人が、あっさりと佐藤を突き放した。彼を振り向くこともせず。

「あっ、はい……。なんか、すみません……」

どことなく、感情の籠もらない彼女たちの声。しかも目すら合わせてもらえない。そんな彼女たちの対応には、佐藤もショックを受けたようだ。ヘラヘラとした笑みを消し、すごすごと席へ戻っていく。

え……？　なんで……？　おかしくない？

美容師の練習がしたいなら、色んな人の髪に触れるべきなんじゃゃ？　なんで俺の髪は弄《いじ》るのに、佐藤の髪はダメなんだ？

やがて、恋花さんが満足げに言う。

「よし完成ー！　これで完璧っ！」

どやぁ！　と自信のある表情で、俺に手鏡を見せてくる。……確かに、普段の俺とは別人みたいだ。

「うん……。成瀬君、すごく格好いい」

「ねぇねぇ。よかったら、記念に写真撮ってもいいかな～？」

「ってか、イ○スタ上げて良い？　割とマジでいいね付くと思うし！」

「いや、それはできれば止《や》めてもらえると……」

よほど髪形が気に入ったのか、女子三人が俺の写真を撮り合いながらはしゃいでいる。

まるでアイドルのような扱いだ。

なんだか、異常なほどチヤホヤされてしまっている。それに周りの目が痛い。さっきからクラスの数少ない男子が、鋭い視線で俺を睨《にら》んでいるのが分かる。『なんでお前だけ、美少女たちから話しかけられているんだよ』と。

もしかして……本当に俺だけ、特別扱いを受けているのか……？

と、その時。チャイムの音が鳴り響いた。

予鈴だ。そろそろ先生が来るだろう。

「あ。席つかなきゃ。じゃあね、ソーマ君！」

恋花さんたちが、それぞれ席へ着く。どうやら解放されたらしい。

「はぁ……疲れた……」

俺は背もたれに体を預ける。

「おい、壮真。今日も早速絡まれてたな」

「稔《みのる》……」

隣の席で見ていた稔が、得意げに声をかけてくる。

「これでさすがに分かっただろ。あの三人が、壮真をどう思っているか」

まるで、我が意を得たりと言わんばかりの口ぶりだ。

「あんだけ絡んでくるってことは、三人とも壮真が好きってことだろう。そうじゃなきゃ、髪のセットまでするわけない」

「ば、馬鹿言え……。あの子たちが男を好きなわけがないだろ」

「まだ分かんないのか。マジで深刻だな。壮真《そうま》の百合カップル厨《ちゅう》妄想癖は」

「妄想じゃない。真実だ」

あの三人は、互いに相手のことが好き。それは分かり切った事実だ。

でも……だとしたら三人はなんで、俺だけ特別扱いしてくるんだろう？

「みなさーん！　静かにしてくださーい！　ぱぱっと出欠とりますよー」

考えていると、眼鏡の女教師がやってきた。

教卓に立ち、生徒たちの名前を呼んでいく担任。その様子を眺めながら、俺は考えを巡らせる。

稔の言う通り、さっきの絡みはちょっと変だ。そもそも女子が男子の髪を触るなんてことはそう無いだろうし。美容師になるための練習だとしたら、佐藤を排除したのもおかしい。まぁ、それに関しては佐藤が女子から嫌われてるだけかもしれないが……その後で、俺を異常にチヤホヤしてたし。

でも俺は別に、好かれるようなことをした覚えはない。特にこの前のお出かけでも、俺は外出中一貫して、彼女たちの百合が加速するように行動していたはずなのだ。

いや、待てよ……？　もしかして、ナンパから助けた件とかで、好感度を上げてしまったのか？

「いや、違う。そんなわけがない」

その程度のことで惚《ほ》れられるほど恋愛は簡単じゃないはずだ。ちょっとピンチを助けたからって、彼女たちがこれまで積み上げてきた愛情を超えることなんかできっこない。

そうだ。彼女たちは尊い百合女子なんだ。きっと、さっきの俺への絡《から》みはただの気まぐれだったんだろう。

これ以上、無用な心配をするのは止めよう。それよりも、純粋に百合を楽しむんだ。

※

「それでは、続けてホームルームに移りますね〜。今日は予告通り席替えをします〜」

出欠確認を終えた後、先生が席替えのためのクジを用意した。俺たちのクラスでは、席替えが一か月に一度行われる。クジを引き、書かれた数字に該当する番号の席に移ることになるのだ。

そして今回俺が引いたのは、最前列の真ん中の席。教卓の、すぐ目の前の席だ。先生との距離が一番近い、ハズレと認識されている席。

「うわぁ。運がなかったな……」

「ほんとだよ。あーあ、マジないわ……」

右隣を見ると、ため息をつく稔の姿。

「また隣の席だな。ってか、最前列とか最悪じゃねーか。これじゃ授業中に寝れねーぞ」

「まず授業中に寝ちゃダメでしょ」

とはいえ、俺も前の席だと困ってしまう。百合女子たちを眺めづらくなってしまうから。

あの三人は、どの席に移動したんだろう？

「先生！　ちょっといいですかー？」

後ろの方から声が上がる。恋花さんが手を上げていた。

「あーし、最後尾の席になったんですけど、最近ちょっと目が悪くてー」

「あら、そうなんですか？　じゃあ前の人と変わっていいですよ」

「はーい！　ありがとーございます！」

恋花さんが前にやって来て、俺の右隣の男子——稔へと尋ねる。

「ねー、稔君！　悪いけど、席を変わってもらえるかな？」

「え、逆にいいの？　後ろの席なら大歓迎だ！」

稔は席を移れると聞き、大喜びで受け入れた。

代わりに、恋花さんが俺の右隣へ座る。

「あはっ。ソーマ君、よろしくね？」

「あ、うん。よろしく……」

照れたように笑い、手を振る恋花《れんか》さん。そんな彼女に俺は乾いた笑いを返す。

なんか、また恋花さんが自分から近付いて来たんですけど。

「先生！　わたしもいいですか～？　背が低いので、前に人がいると見づらくて～」

「私も……最近、目が悪いです」

続けて、栞《しおり》さんたちが声を上げた。そして兎亜《とあ》さんが俺の左隣に、栞さんが俺の後ろに移る。

「よろしく、壮真君！　隣だね！」

「初めて、近い席になれた……」

あれ……？　これ、やっぱりおかしくないか？　三人全員前に移動するなんて。皆前まで普通に席替え参加してたよな？

しかも彼女たち、なぜか俺には席の交換を求めない。結果俺は今、物理的に三人から挟まれている。文字通り、『百合に挟まる男』状態だ。

これはダメだ。三人がイチャイチャしやすいように、誰かと席を替えないと。

「あ、あの……恋花さん。もしよかったら、俺と席を――」

「呼び捨てでいいよ」

彼女の声に、言葉が途切れた。

「え……？」

「その……あーしのことは呼び捨てでいいから。その方が、仲良い感じで嬉《うれ》しいし……」

最後の方はごにょごにょと、消え入りそうな声の恋花さん。

待ってくれ。なんだその可愛《かわい》く照れた表情は。

俺的には、推しの彼女たちと親しくなるのはＮＧなんだ。あくまで俺は、離れた位置から三人を眺めていたいから。

でも、彼女はむしろその逆らしい。

「さん付けって、なんか他人行儀だし……。だから……」

恋花さんが一度言葉を切る。そして。

「あーしのこと、恋花って呼んでほしい……」

声を震わせつつも、言い切った。ドキドキという心拍音が、聞こえそうなほど真っ赤な顔で。

これは、さすがに無下にはできない。ここまではっきり言われた以上、断ったら彼女を傷つけてしまう。

「わ、分かったよ……恋花」

「っ！　ありがとう！　ソーマ君！」

ニパーッと笑顔を咲かせる恋花。安心したような、かつ心の底から嬉しそうな笑顔。

しかし、それだけじゃ終わらない。

『………』

なんだか激しく視線を感じる。振り向くと、栞さんと兎亜さんが『じーっ』と俺を見つめていた。まるで催促するかのように。

「えっと、それじゃあ……。栞、兎亜……」

ぱぁぁぁ！　と、二人の顔が輝いた。俺に名前を呼ばれただけで、なぜかデレデレと頬を緩める。

これは、やっぱりおかしいね？

この前稔が言っていた言葉が、不意に脳内で再生される。

『いやー、すごかったな、壮真。めちゃくちゃモテモテだったじゃねーか』

もしかして、俺って好かれてる……？

※

月曜日の授業は退屈だ。

今日は朝から古典、生物、現代史と、板書をとるだけの科目が続いた。それゆえ、四時間目の数学の授業。眠ってしまうのは仕方のないこと……。

ツン、ツン。

何かが俺の二の腕に触れる。

意識が浮上し目を開けると、兎亜がシャーペンのお尻で俺の腕をつついていた。

目が合うと、可愛く微笑《ほほえ》む彼女。そして、ノートの切れ端を渡してくる。

『寝ちゃだめだよ~。頑張ってね!』

危ない危ない……俺、最前列で居眠りしてたのか……。

先生に見つかったら面倒だ。兎亜に感謝しなくては。

俺は切れ端に『ありがとう。助かった』と書き添え、教師が黒板を向いた隙を見て、彼女の机に返却した。そして、真面目に板書をとり始める。

すると、三十秒ほど経《た》って……

『どういたしまして♪　昨日は夜更《よふ》かしさんだったのかな？』

さらに返事が戻ってきた。

乙女らしく可愛い丸文字。兎亜を見ると、無邪気に小さく手を振っている。ちょっとはしゃいだような笑顔は、子供っぽくてシンプルに可愛い。

しかし……疑問文で来たかぁ。

この子、やりとりを続ける気なのかな？　最前列だよ。バレるよね？

そのリスクを冒してまで、俺とお話ししたいということだろうか。

『めちゃくちゃモテモテだったじゃねーか』

再び、稔《みのる》の言葉が頭をよぎる。

確かに、冷静に状況を見たらそうかもしれない。客観的に考えて、俺は彼女たちから好かれ始めてる。

これはよくない。本当に、絶対によくない。兎亜たちは、せっかく互いに好き同士なんだ。それなのに、俺の存在がその気持ちを奪ってしまうだなんて。彼女たちを推す者として、看過できない状況だ。

何とかしなければと思い、改めて兎亜の方を見る。なんだかソワソワした様子で、こちらにチラッ、チラッ、と視線をやってる。明らかに返事を待っていた。

どうしよう……。あまり返すべきじゃないんだろうけど、さすがに無視するのは心が痛む。俺は仕方なく、紙に返事の一文を書き込む。

『実は、遅くまでゲームやってたんだ』

本当は兎亜たちの百合《ゆり》妄想が忙しくて眠れなかっただけだが、正直に書くわけにもいかない。教師の目を盗み、紙を兎亜の机に載せる。

瞬間、ぱぁぁぁ！　と目を輝かせる兎亜。そして、今にも鼻歌が聞こえてきそうなニコニコ顔で、切れ端の余白に何か書き始めた。

そして、また約三十秒後。

『ゲーム良いね！　私も好き！　壮真《そうま》君はどんなゲームをやるの？』

その返事の速さも含めて、好かれている事実を突きつけられているようだった。

俺は困惑しながらも、無視はできずに文通を続ける。

『家ではシューティングとか、レースゲームとかよくやるかな』

『レースゲーム、面白いよね～！　私も家で遊ぶんだ～』

『兎亜もゲーム好きなの？　意外だ』

『大好き！　妹たちと一緒に遊ぶの。これでも、結構うまいんだよ？』

『そっか。兎亜って、長女なんだっけ』

『うん！　お姉さんだよ！　すごいでしょ！』

どやぁ、と兎亜が胸を張る。普段愛されキャラとして見られている分、姉であることに誇りを感じているのだろう。そういうところが、逆に子供っぽく見えてしまうが……それもなんだか微笑ましい。

なんて悠長に考えていると。

彼女が再び、ノートの切れ端を俺によこした。

『こっそり話すの、楽しいね？』

ドキッ、と心臓が縮まる感覚。

兎亜の顔を見ると、チラチラとこちらをうかがっていた。だが彼女は目が合うとすぐに、頬を赤らめて恥ずかしそうに目をそらした。

や、やめてくれ……！　そういう可愛い表情は、俺じゃなくて女子に向けてくれ！

兎亜が恋する乙女の顔になるのは、恋花か栞にだけのはずなのに！

『もう少しだけ、続けてもいいかな……？　壮真君の隣なの嬉しくて……』

「っ……！」

続けて送られたメッセージに、俺は一瞬呼吸を忘れた。

隣にいるのが嬉しいって、そんな言葉は好意を持った人間にしか言わないわけで。

なんてこった……。俺は百合を眺めていたかっただけなのに、好かれきってしまっている。男子を百合から遠ざけながら、自分は百合に挟まれるとか、俺は最低な人間だ。

どうしよう。これ以上、兎亜との青春を続けるわけには……。

「えー、じゃあこの問題を……成瀬《なるせ》。答え言ってみろー」

「えっ」

教師の一言で、ハッと前を向く。

どうやら、葛藤している間に授業が進んでいたようだ。見覚えのない数式が、黒板に羅列されている。

「どうした？　早く答えてみろ」

「あ、えっと……」

どうしよう。全然聞いてなかった。慌ててノートに目をやって、答えのヒントがないか探す。

その時、隣の兎亜が少しだけ、ノートをこちらに近づけた。

そしてノートの端っこには、大きく書かれた『x＝5』という文字。

「えっと……x＝5、です……」

「はい正解。ここの解き方は、みんな分かるなー？」

教師が黒板に向いて答えを書く。

その隙に兎亜が、ブイ！　と笑顔でピースした。

とても可愛い。可愛いが……！

その笑顔は女子に向けてくれ！

※

「俺はもう、終わりかもしれないな……」

授業の合間の休憩時間。トイレで顔を洗い、ため息をついた。

俺自身が憎き『百合に挟まる男』になってしまっている現状、思った以上にストレスがある。

しかも事態は深刻だ。兎亜《とあ》はかなり本気で、俺に好意を抱いてしまっているようだからな。なんとかして、また栞《しおり》たちへ目を向けさせないと。

「成瀬君、少しいい？」

噂《うわさ》をすれば。

トイレを出た途端、栞に話しかけられた。

「ちょうどよかった。いま先生が、成瀬君に職員室へ来てほしいって」

「え？　俺、なにかしたか？」

「ううん。HRでプリントを配り忘れていたみたい。それを取りに来てほしいって。今日の日直は成瀬君だから」

プリントか。まだ次の授業まで時間はあるし、ギリギリ取りに行けそうだ。

「分かった、今行くよ。ありがとう」

教室に背を向け、職員室へと向かっていく。

しかし……。

「私も行く。せっかくだから、手伝わせて」

そんな俺に栞が並んだ。

「いや、いいよ。栞は教室に戻っててくれ」

俺と一緒にいるよりも、恋花《れんか》か兎亜といてほしいし。

「遠慮しないで。昨日助けてくれたお礼だから」

ゲーセンで、ナンパから助けた件のことか。かたくなに、俺の隣を歩き続ける栞。いつものように澄んだ表情で、彼女は静かについて来る。

まぁ、仕事を手伝ってもらうくらい、いいか。百合に挟まる状況じゃないし。

しかし……。

「あのさ……。手伝ってくれるのは嬉《うれ》しいんだけど……」

「ど、どうしたの……？」

「なんか、距離近くないですか？」

栞は、なぜか肩が触れ合いそうなほど、俺の近くに寄っていた。

というより、すでに触れている。歩いて体が揺れるたびに、彼女の肩と俺の腕が触れ合う。こんな距離感、まるで恋人だ。

だが俺の問いに栞は……。

「そ、そう……？　ちょっと、分からない……」

と、照れた様子で言うだけだ。恥ずかしそうにしながらも、距離を離そうとはしない。

これはまずい。

彼女の表情、間違いなく兎亜と同じ顔だ。恋する乙女の表情だ。

あの控えめな栞がここまで距離を詰めるのもおかしい。気づいてしまえば、俺のことを好きだからとしか思えない。

「あ、あの……。ところで、成瀬君」

肩を触れ合わせながら、上目遣いで聞いてくる彼女。

「さっきの数学の時間、兎亜と何を話していたの？」

「え？」

「手紙でやりとりしてたでしょう？　よかったら、教えてほしくって……」

赤い顔で、俺の表情をうかがう栞。

手紙でのやりとり。兎亜の照れた笑顔を思い出し、咄嗟《とっさ》に口籠もってしまう。

「もしかして、人には言えない秘密の話……？」

「いや、そんなことないよ。俺が授業中寝てたから、起こしてもらっていただけだから。それから少し、ゲームの話とかもしてたけど」

「そう、なんだ……」

少し安心したような栞。そして彼女は続けて言う。

「そ、それじゃあ……次の授業は私とも、手紙のやりとりしてくれる？」

「え？」

俺が？　栞と？

「私も、ああいうのに憧れていたから。授業中に、こっそりお話しするの」

期待に満ちた目を向けてくる栞。

ねぇ、栞。なんでなんだよ。それは、兎亜とかにお願いすればいいことじゃないか。なんで俺に頼んでくるのかな。

「成瀬君、前に言ってくれたでしょう？　悩んでるなら相談してくれって」

それは『女の子に相談してくれ』って意味だから！　俺に相談しろってことじゃない！

「やっぱり、ダメ……？」

見るからにしゅんとする栞。その表情に、心がキュッと痛んでしまう。

しかも彼女は、それに続いて――

「兎亜だけ……ズルい」

トンッ、と肩を軽くぶつけて、拗《す》ねた顔を俺へと向けた。

抗議するような、その一方で甘えるような彼女の言動。俺の知る限り恋花にすら、こんなおねだりをすることは無かった。

「いや、その……ダメってことは、ないけど……」

動揺のあまり、俺はそう口走っていた。

どの道、ここで拒絶したら栞が傷つく。それはさすがに避けたかった。

「本当に……？」

「うん。席前後だから、やり辛《づら》いかもしれないけど……よければ」

「ありがとう！　じゃ、じゃあ……小指、出して？」

「小指？」

「うん……」

恥ずかしそうに、顔をやや伏せながら言う栞。

真意がわからず、言われるがままに小指を立てる。すると彼女が、自身の小指を絡《から》めてきた。

「約束、だから……。指切りね？」

か細い小指が、キュッと俺の小指を握る。まるで手を繋《つな》いでいるかのようで、なんだか無性に落ち着かない。

栞は栞で、恥ずかしそうに頬を赤らめる。緊張のせいか、表情も硬い。

しかしなかなか、指を放そうとはしなかった。まるで俺に意識してもらうため、必死にアピールしているかのように。

「ゆーびきーりげーんまーん、うーそつーいたーら――」

栞が、か細いけれど澄んだ声で歌う。リズムに合わせて指を振る彼女は、よりいっそう照れて色づいていた。

その顔はすごく可愛《かわい》いんだが……俺に向けるものじゃないだろ……！

「――指切った！　……そ、それじゃあ……よろしくね？　成瀬君」

「あ、あぁ……」

栞が俺から小指を離す。その代わりに、また体を寄せてきた。まるで、付き合いたての恋人のような距離感で。

本当に、ここまで積極的な栞は初めてだ。

普段は、真面目で地味なはずの委員長。そんな彼女が、照れながらもアピールしてくるこの状況。

どうやら俺はかなり本気で、彼女に慕われているようだ。

※

百合《ゆり》を眺めていたいだけの俺に、なぜか好意を持つ風変りな女子。

それは、残念ながら兎亜や栞だけじゃなかった。

「うわ、痛っ！」

五時間目の体育の授業。

この日はグラウンドのコートでテニスの授業をしていたのだが……その最中、俺は誤って転んでしまった。彼女たちの件で色々悩んでいたせいか、集中しきれていなかったようだ。擦りむいた傷口から、ズキッとした痛みが走る。

「大丈夫か、成瀬。派手に転んだな」

先生が心配して駆け寄って来る。

「保健室で手当てをしてこい。一人で行けるか？」

「あ、はい。なんとか……」

と、俺が言いかけた時。

「はい、はーい！　先生！　あーしが付き添いまーす！」

女子用のコートにいた恋花が、手を上げながら走ってきた。

「あーし、保健委員なので！　自分の試合も今終わりましたし！」

「そうか。それじゃあ、頼んだぞ」

大したこと無いとはいえ、怪我人《けがにん》を一人にするのも不安だったようだ。先生がすぐに許可を出す。

そして恋花が俺の足を見た。

「ソーマ君、大丈夫？　血出てるけど……」

「うん、多分。ちょっと擦りむいただけだよ」

「そっか……酷《ひど》い怪我《けが》じゃなくてよかった」

「そうだね。保健室も、一応一人でいけそうだけど……」

「だーめ！　あーしも付いてくから！　行くよ！」

恋花が手を差し出した。この手を取って歩けということか。

でも、女子に触れるのは抵抗がある。俺なんかが触っていいものかと。

「別にいいってー！　手ぇ繋ぐくらいなんてことないじゃん！」

俺の躊躇《ためら》いを感じたのか、恋花が俺の肩を優しく叩《たた》く。

「なんなら、思いっきり体貸してあげてもいいよー？　ほら！　抱きしめてあげよっかー？」

「いや、そこまでする必要ないから！」

「あははっ！　じゃー、手の方をどーぞ！」

冗談っぽく笑う恋花。女子に対しても普段からスキンシップの激しい彼女としては、怪我した男子に手を貸すくらい、なんでもないことなのかもしれない。

そもそもここで拒絶したら、せっかく手を貸してくれようとした彼女に対して失礼だ。

「ありがとう……。それじゃあ悪いけど、頼むよ」

考えた末、厚意に甘えることにした。

ためらいながらも、彼女の手を取る。すると、華奢《きゃしゃ》な手が俺の手を優しく握り返してき

じだ。栞《しおり》との指切りの時も感じたが、相手の体温が伝わってきて、なんだか落ち着かない感

「んじゃ、行こっか！」

「う、うん」

そして俺は、そのまま恋花《れんか》に連れられて行く。外の水道で傷口を洗い、保健室で養護教諭に絆創膏《ばんそうこう》を一枚もらう。それを貼り、処置は完了だ。

保健室を出て、再び二人で歩き始める。

「ほんと大丈夫？　まだ痛む？」

「ううん。もうほとんど。試合しても問題なさそうだよ」

最初こそ少し痛んだが、擦り傷程度で弱音を吐くような歳《とし》じゃないしな。

「ただ、ちょっと帰りづらいな……」

情けなく転んで怪我をした後だし……何より、俺が恋花に運ばれていくとき、男子たちからの視線を感じた。嫉妬や恨みのこもった視線を。いま戻ったら、みんなからボールをぶつけられそうだ。

「あ！　それならさぁ」

俺の呟《つぶや》きに、耳ざとく反応する恋花。彼女は、ニッと悪戯《いたずら》な笑みを浮かべた。

「このまま授業、サボっちゃおっか？」

「え？」

「ソーマ君怪我したばっかだし、まだあんま動かないほうがいいっしょ？」

「そんなに重い怪我じゃないよ。それに見学だけでも参加すべきじゃ――」

「いーの！　どのみち、授業終わりまで十分ないし！　戻らなくてもバレないって！」

恋花が強引に、俺の手をとる。

「たまには二人で、悪いことしちゃお？」

パチッとウインクをする恋花。

そして俺が断る暇もなく、彼女は俺を引っ張っていった。体育中のこの時間、人気のなくなる教室へ。

「なんか新鮮だねー！　教室に二人きりってさ！」

「サボりって、ここで……？」

「うん！　一緒に動画でも観《み》よーと思って！　チャイム鳴るまで休もーよ」

鞄《かばん》をゴソゴソと探る恋花。スマホと有線のイヤホンを取り出す。体育中は、そこにしまっているのだろう。

「こうやってさ、いけないことすんのも青春じゃん？　もしもの時は、あーしがちゃんと責任取るからさ！」

心の底から楽しそうな恋花。青春を満喫するのもいいが、それは百合同士の中でするべきだ。相方が俺なのは絶対におかしい。

まぁでも、正直少し助かる。嫉妬したほかの男子から、スマッシュを喰《く》らうのは避けたかったし。

「昨日見たやつで、メッチャおもろいゲーム実況動画あってさー！　ソーマ君も絶対気に入るよ！　はい！」

恋花が俺に、イヤホンの片方を差し出した。

「これは……？」

「あーしのイヤホン、片方使って！」

イヤホン、片方……？　それって主に恋人同士がやるやつだ……。少なくとも、親しくない男女が当たり前のようにすることではない。恋花はほかの二人よりも距離感の近いタイプではあるが、それを差し引いても明らかに、俺への好感度が高い……！

なんて警戒する俺をよそに、恋花が片耳にイヤホンをつけた。

俺は当然遠慮したいけど、拒否するのもなんだか憚《はばか》られる。逡巡《しゅんじゅん》の末、同じようにイヤホンをつける。

俺が家で使っているものと、そう変わらないフィット感。それでも女子のイヤホンを使うだなんて、サボりよりもいけないことをしている気分だ。

しかもイヤホンのケーブルが短いため、自動的に恋花との距離が近くなっている。腕同士がギリギリぶつかるほどの距離感だ。肩を寄せ合う形になり、心臓がバクバクとうるさく跳ねる。

「あははっ。さすがにこれは、ちょっち照れんね？」

冗談めかして言う恋花。「えへへ」と緩んだ表情からは、仄《ほの》かな照れも感じられた。しかし彼女はそれ以上に、この状況を楽しんでいるようだ。

俺と二人きりの、この状況を。

※

ダメだ。このままではダメだ。

彼女たちの様子が、少しずつおかしくなっている気がする。俺が好意を寄せられすぎていて、このままだと本当に、彼女たちの百合関係を壊してしまう可能性がある。

こうなったのも、全部俺のせいだ。きっと、俺が軽はずみに彼女たちと出かけたりしたから、こんな事態になったんだ。俺は彼女たちに好かれたいんじゃなくて、三人がイチャイチャする姿を眺めていたいだけなのに。

俺が好かれるのは解釈違いだ！　今すぐに、男なんかに好意を寄せる彼女たちの目を覚まさせないと。あの三人が本当に好きなのは、俺じゃなくて女の子のはずだから。

「仕方ない……。ここは、アレしかないか」

実の話、一つだけ方法がある。彼女たちの意識を、俺から離す方法が。

本当ならこの方法は、あまり使いたくなかったものだ。しかし、そうは言っていられない。

俺が乱した彼女たちの百合は、責任をもって修復しないと！

※

放課後。兎亜はいつものように、図書委員の仕事に精を出していた。返却された本たちを、せっせと棚に戻す彼女。一生懸命な表情で、とてとて……と図書室を移動する。

しかし、一方で俺はというと。

仕事に参加することなく、廊下から彼女の姿を見ていた。

本来なら、俺も彼女と同じく当番だ。つまり、これはサボりである。兎亜には何も告げることなく、無断で仕事をサボっている。

その理由は……無断で仕事をサボる奴《やつ》なんて好感度を落とすに決まっているから。

俺は兎亜に嫌われるために、仕事を丸投げするという暴挙に及んでいるのだった。

「ごめん兎亜……でも仕方がないんだ」

負担を押し付ける罪悪感に苛《さいな》まれながら、俺は彼女の様子を眺める。

こうでもして俺が嫌われないと、彼女たちの百合《ゆり》を壊してしまう。俺に幻滅してもらい、百合の魅力に再び目を向けてもらいたいんだ。

「でも、さすがに覗《のぞ》き見は良くないな」

少しでも罪悪感を減らそうと、俺は静かに図書室から離れる。

とはいえ、先に帰るのはさらに気が咎《とが》める。何か当番で問題が起きた時のためにも校内には残っていようと思い、しばらく辺りを適当にぶらつく。

そして三十分後。俺は再び図書室を訪れ、兎亜が仕事を終えて下駄《げた》箱へ向かっていくのを確認。

兎亜と鉢合わせないよう、また時間をおいてから下駄箱へ向かった。

「よし……これで兎亜からは嫌われただろう」

きっと兎亜は今頃、無断欠席した俺への憤《いきどお》りを感じているはずだ。

狙ったこととはいえ、女子から嫌われるのは精神的に結構キツい。でもこれも、俺がまいた種だ。

それに尊い百合が見られるならば、これくらいの負担は問題ない――

「そ～うまくんっ！」

「えっ？」

靴を履き、外に出た瞬間。兎亜が俺に駆け寄ってきた。

「兎亜……なんで？」

彼女が図書室を出てから、すでに十分は経過している。とっくに帰路についているはずだ。

「てっきりもう帰ったかと……なんで？」

「えへへ。なんでかな？　不思議だね～？」

そう言う兎亜の表情は、悪戯に成功した子供のような笑みだった。

「もしかして……兎亜、俺が来るのを待ってたのか？」

「ん～？　違うよ？　たまたまだよ～」

わざとらしい口調で嘯《うそぶ》く兎亜。明らかに俺を待ち伏せしていた。

もしかしたら、無断で仕事をさぼった俺に文句を言うために待っていたのだろうか？

俺が校内にいることは、下駄箱に靴があることで分かる。

しかし、そんな雰囲気でもなさそうだ。

「せっかくだから一緒に帰ろっ！　お喋《しゃべ》りしようよ！」

「えっ。あ、うん……」

子供っぽくはしゃぐ兎亜の可愛《かわい》さに、つい思考が鈍ってしまう。うまく断る理由を見つけられなくて、首を縦に振るしかなくなる。

そして俺たちは、二人並んで校門を出た。

「ねぇ壮真《そうま》くん。大丈夫だった？」

「えっ？」

「体調悪かったんだよね？　保健室かどこかで休んでたの？」

どうやら兎亜は俺の欠席を、サボりではなくて体調不良と思い込んでいるようだ。好感度が落ちた様子はなく、むしろ心配してくれている。

「壮真君が無断で休むなんて、よっぽどのことかなって。大丈夫？」

なんだその俺への厚い信頼は。サボりだとも思わず、心配して待っててくれていたなんて……どれだけ優しい子なんだよ。

「あー、その……ごめん。ちょっと、仮眠してた」

心配そうに俺を覗き込む兎亜の純粋な丸い目に、この上ない罪悪感を抱く。

「仕事、いきなり任せちゃってごめん」

「あれくらいいいよ〜！　わたしも当番変わってもらったもん！」

まったく気にした様子は無く、ニコニコと朗らかに笑う兎亜。

「遠慮なくわたしを頼ってね？」

さらに彼女はポンポンと、俺の背を優しく叩《たた》いてくれた。

まさか仕事の無断欠席をしても、まったく好感度が下がらないとは……。現時点ですでに、よほど好かれているようだ。

こうなったら、もっと嫌われることをするしかない。とてつもなく心は痛むけど。

「それより、眠いのはもう平気？　なにかできることがあったら、するよ？」

「本当か？　実はまだ疲れが溜《た》まっててさ」

チャンスだ。さっそく、好感度を下げるアイデアが浮かぶ。

「兎亜が甘やかしてくれたら元気出るかもしれないな〜。もしよかったら、よしよしって頭撫《な》でてくれない？」

兎亜にすり寄り、甘えようとする俺。

うん。自分でも気持ち悪い。こんな風に甘える男は、女子からしても気味が悪いはずだ！　優しさに付け込むみたいで悪いが、このままドン引きしてもらおう！

「あははっ。いいよ？　よしよ～し」

全てを包み込む優しい笑みで、兎亜が俺の頭を撫でた。

「……っ！」

いいのかよ！　普通絶対にダメだろ！

優しく頭を撫でられて、こっちの方が恥ずかしくなる！

「あ、あの……兎亜……？」

「壮真君、お疲れ～。よしよ～し」

「いや、もういいから！　ごめん！　ありがとう！」

一応お礼を言い、すぐ離れる。

兎亜はなぜ、こんな俺まで受け入れられる……⁉　いくらなんでも、付き合ってもない相手から「撫でて」とか言われたら気持ち悪いだろ！

だが兎亜には、その考えは通じないらしい。

「してほしいことは、なんでも言ってね！　壮真君の力になりたいから！」

「あ、うん……ありがとう……」

兎亜の優しさに圧倒されつつ。

俺は作戦失敗に肩を落とした。

※

兎亜での作戦失敗を受け、俺は攻め方を変えることにした。

女子に嫌われがちな男は、何もだらしない男だけじゃない。色々考えてみた結果、嫌われやすい男というのは、馴《な》れ馴れしいものだと思い至った。

「恋花《れんか》、いる？」

「えっ⁉　ソーマ君⁉」

昼休み。俺は彼女のいる保健室へと足を運んだ。

「珍しいじゃん！　なんでここに？」

「今日学食にいなかったから。栞《しおり》たちに聞いたら、保健室にいるって言うし。何してるのかなって思って」

「そうなんだ！　会いに来てくれたの、マジ嬉《うれ》しい！」

心からの笑顔を弾《はじ》けさせる恋花。

「今日は保健だより書いてたんだよねー。委員会の仕事でさ」

「そっか。恋花、保健委員だったっけ」

「そーそー。でも、わざわざあーしに会いに来てくれるなんて……もしかして、そんなにあーしが気になっちゃった？」

「うん。実はそうなんだ」

「えっ……？　ま、マジ……？」

「隣いいかな？」

「あっ、えと……うん……」

彼女に近づき、そのすぐ隣に腰掛ける俺。

「えっ……え!?」

「どうしたの？　恋花」

「あ、いや……なんでも……」

困惑するのも無理はない。対面でなく、いきなり隣に座ってくるような男子なんて、女子からしたら間違いなく恐怖の対象だ。

しかも俺は座る際、わざわざ席を恋花に近づけた。これにより、俺たちの距離は肩が触れそうなほど近づいている。パーソナルスペースを侵食する男は嫌われるから。

恋花には体育の際、体を支えてもらったことはあるが、今はあの時のような非常時ではない。よって、好感度はダダ下がりのはずだ。

その証拠に、恋花は驚きと困惑で、言葉を失ってしまっている。

よし。ここで畳み掛けるとしよう。

「保健だよりって、あんまりちゃんと見たことなかったなぁ。どんなことが書いてあるんだっけ？」

用紙を覗き込む振りをして、さらに彼女に身を寄せる。

彼女と腕がピタリと触れ合う。ビクッと、恋花の体が強張《こわば》るのが分かった。

「あ、えっと……今月は、質の良い睡眠のこと……かな……？」

質問に、歯切れ悪く答える彼女。よしよし、さらに困ってるみたいだ。

ここで俺は、一層馴れ馴れしく口を開いた。

「あのさ……恋花って、彼氏いるの？」

「えっ⁉　彼氏！」

いきなりプライベートな質問をするのも、距離の詰め方がウザくて嫌がられるはずだ。

「な、なんでいきなりそんなこと聞くの？」

「いや、単純に気になってさ。恋花、綺麗《きれい》だから恋人くらいいるのかなって」

「き、綺麗って……そんな……」

恋花が俺から顔を逸《そ》らす。

「ソーマくん、気にしてくれるんだ……。あーしに、彼氏がいるかどうか……」

ボソボソと呟《つぶや》く恋花。きっと、馴れ馴れしい俺に苛立《いらだ》ちを覚えているのだろう。

「ご、ごめん！　あーし、ちょっと新しいペンを……！」

距離感に耐え切れなくなったのか、席を立つ恋花。逃げるように棚へと向かう。

よし！　これはあともう一押しだ。

「あのさぁ」

言いながら、俺は立ち上がる。

そして、彼女を壁際《かべぎわ》に追い込む。さらに片手で壁をドン！　と鳴らした。

「よかったら、俺のペン使う？」

「……っ！」

驚き、目を見開く恋花。

俺がしたのは、まさしく壁ドン。

胸キュン行為の代名詞として広まったこの行為だが、『リアルでされても不快なだけ』という声もよく聞く行為である。そもそも、最近話すようになった男にいきなり馴れ馴れしくこんなことをされたら、不快に思うのが当然だろう。

ここまで馴れ馴れしくすれば、さすがにもう十分なはずだ。これで恋花も、さすがに嫌がって俺への好意も冷めるはず。きっと引っぱたいてでも、俺を遠ざけようとするだろう。

――と、思っていたのだが……。

「ば、ばかぁ……」

ポスッと、俺の胸を軽く叩く恋花。その力はあまりに弱々しく。さらに言えば、顔は湯気が出そうなほど上気していた。

「そんな風に来られたら、緊張すんじゃん……！」

俺から顔を逸らしつつ、恋花がか細い声で漏らす。ただ、俺から逃げたり突き放したりすることは無い。

さらに彼女の口元は、少し緩んでいるように見えた。まるで恥ずかしがりつつも、この状況を楽しんでいるかのように。

え、なんで……？　これ、むしろ壁ドン喜んでない？

女子に対して強引な距離の詰め方をする男は、絶対に嫌われると思っていたのに。まさかこんな反応をされるとは。

恋花って、攻められると弱いタイプなのか？　いつもグイグイ来るわりに、相手から言い寄られるのは弱いのか。

「と、とにかく。ボールペンなら俺のがあるから」

逆効果と分かり、すぐに恋花から離れようとする俺。

しかし、そこで彼女が俺の裾をつまんだ。

「あ、待って！」

「えっ？」

「そ、その……別に、嫌とかじゃないから……。もう少し、このままでもいいけど……」

いかないで、と言わんばかりの上目遣い。その表情に、今度はこっちが驚かされた。

間違いない。これは、むしろ好感度が上がってしまった。

壁ドンで喜ぶなんて、どれだけ乙女チックなんだよ！　一番男子に慣れてそうな彼女が、まさかここまでピュアだなんて！

「あ……。う、嘘嘘《うそうそ》！　ごめんね！　ジョーダン！　あはは……あーし、何言ってんだろ……？」

「あ、いや……こっちこそ、ごめん」

なんだか、少女漫画みたいな恥ずかしいムードが保健室に漂う。

兎亜《とあ》に続いて恋花までも、好感度を上げてしまった。

※

兎亜にも恋花にも、嫌われるのは失敗した。

こうなったら、栞だけにはしっかり嫌われなければいけない。


「失礼します……」

「あ、成瀬《なるせ》君。いらっしゃい」

放課後。俺は栞の所属する、文芸部の部室を訪れていた。

彼女がオススメの本を紹介したいからと、部室に招待してくれたのだ。

「ようこそ、部室へ。部と言っても、いつも私しかいないけど」

「他は幽霊部員なのか？」

「うん。でも、その方が読書は捗《はかど》る」

きっと本心なのだろう。気にした様子はない栞。

彼女は本棚へと向かい、五冊ほどの本を腕に抱える。そして長机に置いた。

「これが、とりあえずお勧めしたい本。成瀬君に読んでもらいたいの」

「へぇ。推理小説に、恋愛ものか。……あれ？　少年漫画もあるのか？」

「うん。普段は小説中心に読むけど、漫画も好きなものが多いから」

それは意外だ。栞のような文学少女然とした子は、漫画を読まない印象があった。

「よかったら、漫画だけでも読んでいって」

「今から？」

「漫画なら、下校時刻までに読めるでしょう？」

そこに座って、と席の一つを指す彼女。

俺はひとまず、それに従い席についた。そして栞に渡された、少年漫画のページを開いた。冒険活劇物の作品だ。

すると……。

「あ、あの！」

「え？」

「わ、私も一緒に……読んでいい？」

緊張した様子の栞が近づく。きっと漫画を口実に、俺と隣り合うつもりなのだろう。そう思って警戒をする。

しかし、彼女はその上をいった。

「失礼します……」

なぜか隣ではなく、俺の背後に立つ栞。

そして、背もたれ越しに抱きしめてきた。

「……っ!?」

以前、プリクラで恋花《れんか》にされた時のように、後ろからハグをする栞《しおり》。彼女の両腕が俺の胸元を抱きしめている。いきなり詰められた距離感と、腕から伝わる体温に、心臓がうるさいくらいに鳴り響く。

耳元に感じる彼女の微《かす》かな吐息の音が、やけに色っぽく感じられた。

なぜ、いきなりこんなことを……?

「こ、この方が……その、読みやすいから……。それに恋花にもハグされてたし……」

プリクラの時のことだろうか。もしかして、恋花に負けないようにと無理をしてるということか?

にしても、いきなり距離を詰めすぎだろう。恋愛に一生懸命なのか、控えめそうな見た目からは予測不能なほどグイグイ来てる。

でもちょうど良い。こんな子に嫌われるのは、簡単だ。

「やめてくれ、栞」

できる限りの冷たい声。それを栞に叩《たた》きつける。

「成瀬君……？」

「ベタベタされるのは、好きじゃない。離れて」

　立ち上がり、俺は栞のハグから逃れた。

「悪いけど、近づかないでほしい」

　心を鬼にし、厳しい言葉を栞にぶつける。もちろん、これも嫌われるためだ。

　恋花の時は、ベタベタと距離を近づけて失敗した。それならば逆に、素っ気なくして嫌われればいいだけの話だ。

　これだけ感じの悪い態度をとれば、百年の恋も冷めるというもの。自《おの》ずと栞も、俺に嫌気がさすはずだ。

「……ぐすっ」

　洟を啜《すす》る音。

　見ると、栞の目が潤んでいた。今にも泣き出してしまいそうなほど。

「し、栞⁉」

「ご、ごめんなさい……私、馴《な》れ馴れしくて……」

「あ、いや……」

「こういうの、気分良くないよね……。自分がやられたら、嫌だったかも……」

涙声で言う栞。予想できてなかった。まさか、ここまで傷つけてしまうとは。

「ち、違うんだ！　そんなつもりで言ったわけじゃ！」

「ううん。私が悪いのは、わかってるから……。本当に、ごめん」

栞が俺から離れていく。部室から立ち去ろうとする。

「もう、近づかないようにするから……」

「ま、待ってくれ！」

もともと嫌われるのが目的ではあった。この状況は望んでいたものだ。

しかし、女の子を泣かせるのは本意じゃない。俺は慌てて彼女の手を取る。

「俺はその……ただちょっと、照れ臭かっただけで！　近づかれるのが嫌なわけじゃないから！」

「でも……ベタベタされるのは嫌だって……」

「それは、本当に照れ隠しだから！　俺、彼女とかもいたことないし……こういうの、ほんと慣れてなくて！」

「本当……？」

「うん！　だから栞が嫌とか、そういうのじゃないから！　俺が戸惑っただけなんだ！ごめん！」

「じゃあ……これからも、さっきみたいにくっついても、いい……？」

「もちろん！　それで泣き止《や》んでくれるなら――」

そう、俺が口にした瞬間。

栞の腕が、俺の腕を絡《から》める。恋人のように腕を抱かれた。

「ごめん……。成瀬君が、優しくてよかった……」

縋《すが》るようにしながら、謝る栞。

しまった……許可を出してしまった。泣いた彼女は見ていられなくて……。

「許してくれて、ありがとう。ベタベタしすぎないようには、するから」

「そ、そうだね……じゃあ、とりあえずこの手は離して――」

「でも、その……少しだけ、許してほしい」

顔を寄せ、ギュッと密着してくる栞。

大胆に甘える彼女の姿に、俺はもう何も言えなかった。

※

失敗した。めちゃくちゃ失敗した。

余計なことをしたせいで、彼女たちからの好感度をむしろ上げてしまった昨日。そのせいで、俺はますます三人からのアプローチを受ける羽目になった。

ただでさえ席が近いこともあり、登校後や授業後の小休憩には必ず話かけられてしまう。

そしてそのせいで必然的に、女子三人だけで仲良く話す、百合《ゆり》タイムがなくなってしまった。

「最悪だ……」

昼休み。空き教室でため息をつく。

俺は授業後、百合たちから学食に誘われる気配を察知し、慌ててここまで逃げてきた。

これ以上、三人に挟まれるのは困る。

今日は一人で、持参したコンビニパンを食すとしよう。落ち着いて今後の対策を考えるためにも。

「はぁ……ほんと、どうすればいいんだよ？」

彼女たちが俺を好きになるということは、三人の関係性が変わってしまうことを意味する。異性愛に目覚めれば、きっと彼女たちは今のままの関係じゃいられなくなる。

それはいけない。もう二度と百合たちの幸せな絡みを見られないなんて、耐えられない。

それになんといっても、彼女たちは俺なんかとくっつくよりも、女の子同士で恋愛した方が、絶対に幸せになれるんだ。なぜならば、彼女たちはこの上ないほど楽しそうに、毎日イチャついていたのだから。

俺は絶対に、彼女たちの目を覚まさせないといけないんだ。あの三人が、正しい幸せを手にするためにも。

昨日は失敗してしまったが、これ以上あの子たちと関わるわけには――

「あっ！　ソーマ君、見っけー！」

聞き覚えのある声がした。

見ると、ランチバッグを持った恋花が俺に手を振っていた。その後ろには、兎亜《とあ》と栞も続いてくる。

「三人とも……どうしてここに？」

「ソーマ君捜してたんだって！　授業終わったら、すぐどっか行っちゃうんだからさー」

みんなが机を近づける。恋花と栞が俺の両隣に、兎亜が向かい側に座った。

「あのさ……なんでわざわざ、俺を捜しに？」

わざわざ俺を捜し回るなんて、それほど好かれてるのかと勘ぐってしまう。

その問いに、栞が答える。

「よかったら、一緒にご飯を食べたくて。それに、今日は渡したいものもあるから」

「渡したいもの……？」

よく見ると、栞が自分の弁当とは別に、もう一つランチバッグを持っている。

それをこちらに渡してきた。

「手作り弁当、作ってきた」

「手作り弁当⁉」

こんな手間のかかるものを俺のために……！　まずい。また好感度が上がっている！

「ちなみに、わたしも作ってきたよ〜！」

「あーしもでーす！　じゃーん！」

「全員⁉」

兎亜たちからもランチバッグを受け取る俺。

見ると、恋花は大量の唐揚げとポテサラが入った唐揚げ弁当。兎亜はカツや卵、野菜などの具材を使ったサンドイッチ。そして栞は、生姜《しょうが》焼きをメインに据えながら、トマトやブロッコリー、玉子焼きやおひたしなどの具材を少しずつ敷き詰めた、彩《いろど》り豊かな弁当だった。

「いやー。示し合わせてはないんだけどさー。この前ソーマ君、昼食は学食かコンビニパンだけって言ってたじゃん？　それで、作ったら喜んでもらえるかなって」

たまたま考えが一致したのか……。

たしかに恋花の言う通り、普通の男子なら喜ぶだろう。女子の手作り弁当というだけで男子にとっては垂涎《すいぜん》の品。それが美少女たちのものならば、争奪戦が勃発しても不思議じゃない。

「一応、できる範囲で頑張ったから。味も悪くはないと思う」

それは、俺も見ただけで分かった。丁寧に盛り付けられた彼女たちの弁当はどれも、見るからに美味《おい》しそうである。それに、三人がそれぞれ俺を思って、一生懸命作ってくれた気持ちも伝わる。

しかし、俺は全く喜べなかった。

それだけの愛情を男である俺に向けていることが、彼女たちにとってのマイナスなのだ。

それに――

「えっと……これ、俺が全部食べるの？」

彼女たちの弁当はどれも、しっかり一人分の量がある。単純に、三人前は多い。

「あっ。さすがに壮真《そうま》君でも、全部食べ切るのは無理そうかなぁ？」

「うん。悪いけど、ちょっと厳しい」

できればそれを言い訳に、この弁当はお返ししたい。そして三人で仲良くお昼を食べる彼女らを、離れた場所から眺めていたい。

「じゃあさ。ソーマ君的には、どれが食べたい？」

恋花《れんか》が前のめりになって聞いてきた。これは、少々マズイ予感がする。

「それは……どれも食べたいと思うけど」

「でも、三つ全部は食べられないよね？　だからさ、代表でどれか一つ選んでよ！」

やっぱ、そういう流れになったか……！

これは厄介だ。どれを選んでも、他の二人を悲しませるパターン。俺は彼女たちと距離を置きたいが、悲しませたいわけではないのに。

「この中でどれか、一番食べたいと思ったお弁当を食べてくれれば大丈夫だから！」

非常に難しい恋花の提案。兎亜たち二人も恋花の意見に賛成のようで、じっと俺の顔を見つめている。

どうしよう。こういう時は、どう答えるのが正解なんだ？　必死に頭を回転させる。

「そ、それじゃあ……！　みんなの弁当を少しずつ――」

「あっ。それは無しで。誰のが一番か、ちゃんと選んで」

恋花が唯一の逃げ道を潰した。

おいおい、やばいぞ。なんだこのハーレムラブコメ的展開は……！　こんなのもう、百合を眺めるどころじゃないぞ。

「ちなみに一番のオススメは、あーしの唐揚げ弁当かな。ちゃんとママに習って下味もつけたし、この中で一番おいしい自信あるから！」

「待って恋花。聞き捨てならない」

栞《しおり》が素早く反応する。

「恋花のは、メニューが偏りすぎ。ほとんどお肉だけで、栄養バランスが悪すぎるから」

「いやいや、栄養バランスとか。あーしたち、まだ若者ぞ？」

「若くても生活習慣病にはなる。それに、野菜を入れた方が彩りも綺麗《きれい》」

「彩りならこっちだって綺麗だし！　見よ、このパワフルな揚げ物の色合い！　あーしの肉料理、マジうまいから！」

「待って待って～！　色合いもお肉も栄養も、私のサンドイッチならクリアしてるよ？」

二人の争いに、兎亜も参戦。

「いーや、駄目だね！　サンドイッチは邪道だから！　結局パン食べるなら、総菜パンと一緒だし！」

「それに、パン系はすぐにお腹《なか》が減る。男子のお腹を満たすには足りない」

「それじゃあ、わたしのを食べてもらった後で、他のお弁当も食べてもらえば……」

「あー！　ずるい！　ずるいよ、兎亜！　今サラッと抜け駆けしようとしたー！」

「兎亜。それは良くない。ズルいのは駄目」

ちょっと、これはマズイんじゃないか……？　三人の争いが、段々ヒートアップしている。もはや平和な百合の面影がない。

もうやめてくれ！　俺のために争わないでくれ！

「でも、きっと壮真君はわたしのお弁当を食べたいはずだよ。この前だって、わたしに甘えてきたんだもん」

兎亜が突然、爆弾発言を投下した。

「委員会の仕事の後で一緒に下校した時に、壮真君が『疲れた～』って言って、わたしに甘えてきてくれたの！　それで、なでなでしてあげたんだ～」

「は？」

「は？」

訝《いぶか》しむような、睨《にら》むような視線を二人が俺に向けてくる。

「だから、壮真君。他の二人に遠慮せずに、わたしのを選んでいいんだよ？　いつも通り、甘えてほしいなぁ～」

むふー、と自信ありげに兎亜が言う。他の二人より、一歩優位に立ったような発言。

だがそれにより、険悪な空気が加速した。

「なら、ちょい待って！　だったらあーしも、壁ドンされたし！」

恋花がずいっと張り合ってきた。

「あーしといる時のソーマ君、めっちゃグイグイ攻めてくるからね！　兎亜、見たことないっしょ？　すごい俺様なソーマ君。マジでカッコイイからね？」

お願いだから、その時のことは言わないでほしい。思い返すと恥ずかしいんだよ。あの時の格好つけてた態度。

「だったら、私も。二人で一緒に本を読んだ。——体を密着させながら」

『密着⁉』

栞まで、この争いに参戦する。

「それに、私といるときの成瀬《なるせ》君はクール。簡単には触らせてくれなくて……でも、私が寂しがってる時は自分から手をとってくれる。クールさと優しさのギャップが、素敵」

「ま、マジか……たしかに、クールなソーマ君もいいかも……」

だから昨日のことには触れないでくれ！　どれも本当の俺じゃないから！

「で、でも……！　わたしといるときだけは、壮真君は甘えん坊さんになるんだもん！　そんな壮真君の方が素敵だよ！」

「いーや！　あーしといるときの、俺様系ソーマ君が一番！」

「違う。成瀬君は、クールなのが一番格好いい」

なんなんだ、この辱《はずかし》めは……。なんで俺は三人の女子から『私といるときの壮真が一番カッコイイ自慢』を聞かされなければいけないんだ？

なんだろう。思った以上に、作戦が仇《あだ》となっている気がする。恥ずかしさで人が死ぬよ。ほんとに。

「もう……こうなったらしょうがなくない？　ハッキリ決めてもらうしかないって」

「うん。食べるのは成瀬君だし」

「分かった。わたしも、それでいいよ」

あっ。なんかまた嫌な予感が。

「ソーマ君！　誰のお弁当を食べたいの⁉」

矛先がこちらに向いてしまった。恋花さんたち三人の視線が俺に突き刺さる。険悪な雰囲気の百合《ゆり》に挟まれ、居心地の悪さに嫌な汗をかく。

どうしよう。本当にどうしよう。

一体、なぜこんな状況になっているんだ？　俺はついこの間まで、ただの百合を眺める壁だったのに。それが一体何が起こって、ハーレムラブコメの主人公になってしまったんだ？　百合どころか修羅場じゃないか！

「もちろん、あーしのお弁当だよね⁉」

「私のお弁当、食べてくれる？」

「わたし、頑張って作ったよ！」

三人が、さらに詰めてくる。

そう言われても、この状況で誰か一人の弁当なんて選べない。かといって、全部食べるというのも無理だろう。食べ盛りといえど、限界はある。

本当に、俺はどうすれば……！

――キーンコーンカーンコーン。

不意に聞こえた、チャイムの音。昼休みの終了と、授業開始の五分前を知らせる予鈴だ。

ここぞとばかりに、俺は立ち上がる。

「しまった！　もう昼休み終わりかぁ！　残念だけど、教室に戻ろう！」

「あっ！　待ってよ、ソーマ君！」

唐突に聞こえたチャイムに乗っかり、俺は空き教室から逃げだした。

※

「はぁ……腹減った……」

空腹感と、せっかく作ってくれた弁当を食べない罪悪感を抱きつつ。俺は、トイレの個室でうな垂れていた。

授業はもうすぐ始まるが、教室に戻る気にはなれない。戻れば、また三人に挟まれてしまう。そして、俺が誰の弁当を食べるかで、彼女たちが言い争うだろう。

仲の良かった彼女たちが、俺のせいで争ってしまう。

その状況に、俺は心から嘆いていた。

「俺の理想の、百合空間が消えてしまった……！」

男を巡って女の子たちが争うなんて、解釈違いもいいとこだ。

俺は、彼女たちが仲良くイチャイチャしているところを見たいんだ。険悪な空気は、耐えられない。

そして何より、争いの原因が自分であることが許せない。

「いっそ、退学しようかな……」

なんてことを呟《つぶや》くくらいに、俺は追い詰められていた。

第四章　やっぱり百合は美しい

百合に挟まる男なんて死ねばいい。

これまで散々吐いてきたこの発言が、まさか自分に突き刺さるとは思わなかった。

「成瀬君、早く来ないかな……」

「ねー。話したいこといっぱいあるのにー」

登校時。廊下からこっそり顔を出し、恋花と栞の様子を見る。二人とも、俺がいない時まで俺の話をしているようだ。

あぁ……前までなら今頃この時間は、彼女たちの尊いイチャつきを心おきなく楽しんでいたのに。なんで俺が好意を持たれてしまったんだ……！

「おい。何してんの？」

「うわぁ！」

突然声をかけられて、思わず大声を出してしまった。振り返ると、稔《みのる》が後ろに立っている。

「早く教室入れよ。邪魔になるだろ」

「ま、待って待って！」

俺は慌てて、背中を押してくる稔から離れる。

「教室入ったら、恋花《れんか》たちに見つかるから！」

俺の席は、栞たちのすぐ側。即二人から絡まれてしまう。

嫌われる作戦も失敗し、むしろ好感度を高めた現状。俺にできるのは、できるだけ彼女たちに近づかないようにすることだけだ。

「俺はもう、彼女たちと関わりたくないんだ……！　皆の百合を守るためにも……！」

「やっと、お前も状況が分かったか。でもなぁ、今更無駄じゃないか？」

そう言って、稔が教室の二人を指さす。

「ねぇ、しおりん。今日の放課後、ソーマ君と駅前のクレープ屋行かない？　割引クーポンもらっちゃってさー」

「それより文芸部に来てほしい。成瀬君と読書、楽しいから」

女子二人が、俺を挟む算段を立てていた。

やめてくれ！　こんなハーレム展開は望んでないから！　俺はただ、百合を見ていたいだけなのに！

食べ歩きでも読書でもいいけど、俺じゃなくて兎亜《とあ》とやってくれ！

「あれ？　そういえば兎亜がいない」

今日はまだ彼女を見ていない。どこにいるのかと、教室を見渡す。

「壮真《そうま》くん。おはよう……」

「わっ！」

再び、背後からの声に驚く。すると今度は、兎亜がいた。

「お、おはよう。今来たのか？」

「うん。ちょっと遅くなっちゃって……」

一人で来るなんて珍しいな。普段は恋花たちと三人そろって教室に来るのに。

それに、なんだかちょっと様子がおかしい。いつもの元気がないような気がする。

「兎亜、大丈夫？　風邪でも引いた？」

「ううん、大丈夫。風邪じゃないよ。ただ――」

「ただ？」

「あっ……やっぱり、なんでもない」

言いかけた言葉をひっこめて、彼女は教室へ入っていった。いつもより重い足取りで。

「あっ！　兎亜ちゃん！　おはよー！　遅かったじゃん！」

「大丈夫？　寝坊したってメッセージ見たけど」

兎亜に気づいた二人が声をかける。

しかし、兎亜の反応は薄かった。

「うん……。ごめんね？　ちょっと疲れてて……」

鞄《かばん》を下ろし、椅子に座る兎亜。そして、ぐったりした様子でため息をついた。

やっぱり、明らかに元気がない。

「兎亜ちん……大丈夫？」

「元気ないけど、何かあったの？」

栞《しおり》たちも、その違和感に気づいたようだ。心配した面持ちになる。

しかし彼女は、力なく「ううん……」と首を横に振るだけ。

そして――

「ごめん……ちょっと、授業まで休むね」

「え……」

そう言い、さっさと机に突っ伏す兎亜。そして、すぐに寝てしまったようだ。

な、なんだ……？　いつも笑顔な兎亜の、こんなダルそうな姿は初めてだ。

それに、恋花や栞とも大して会話していない。こんな状況は異常だぞ。いくら疲れていると言っても、あの二人に対してあそこまで素っ気ないなんて、まったく彼女らしくない。

「恋花……もしかして、兎亜に何かした？」

「何であーし!? いや、してないって何にも！ 多分……」

恋花と栞にも、心当たりがないようだ。

しかし、不安になる気持ちも分かる。さっきのあの感じ、まるで喧嘩《けんか》でもしたような素っ気なさだった。

喧嘩……？ あっ！ まさか……！

「兎亜たち、俺を取り合って喧嘩したんじゃ……！」

「いや、さすがに違うだろ。にしては早乙女《さおとめ》さんも星宮《ほしみや》さんも普通だし」

俺の独り言に、ずっと様子を見ていた稔が突っ込む。

「ありゃ、明らかに疲れてるだけだって。怒ってる感じじゃなかったし」

まぁ、確かにそうか……。

あの様子は稔の言う通り、本当に疲れきっているということだろう。

でも、それはそれで心配だ。なにか、大変な問題でもあったのだろうか。

「気になるなら、あとで話でも聞いたらいいだろ」

「え？ 俺が？」

「ああ。壮真、宇佐美《うさみ》さんからも好かれてるし。力になってあげられるだろ」

そう言い、先に教室へ入る稔。

確かに俺が相談に乗れば、兎亜は元気になるかもしれない。自分で言うのもなんだけど、好きな人に話を聞いてもらえるだけで、少しは気が楽になるだろうから。

でも俺は、やはり乗り気になれなかった。

これまで俺は、彼女たちに近づきすぎた。そのせいで俺が好意の対象になり、彼女たちの関係に亀裂を入れそうになっている。ちょうどあの、手作り弁当の時みたいに。

このまま俺がまた出しゃばったりしたら、彼女たちはもう以前みたいに、仲良くできなくなるかもしれない。

「うん……。俺はもう、関わっちゃいけない」

彼女たちの仲を守るため。

俺は百合《ゆり》を見守る男らしく、まずは静観することを決めた。

※

結局その日、兎亜は授業中もずっと元気がない様子だった。休み時間も、すぐ机に突っ伏して寝ていた。そんな様子に、俺も恋花たちも声をかけることができず。下校時間がやってくると、兎亜はすぐに家へ帰ってしまった。

そして、さらに翌日。

兎亜は学校に来なかった。

「兎亜、大丈夫かな？　休みなんて……」

「しかも先生、さっき連絡ないって言ってた」

ホームルームの後。後ろにある栞の席で、二人が兎亜について話す。

担任教師の話によると、兎亜は無断で欠席しているようだ。それが余計に、二人の心配を加速させている。

俺はそんな二人の会話を、一時間目の準備をしながら聞いていた。

「しおりん、兎亜ちゃんに連絡した？」

「一応、L○NEで『大丈夫？』とは送ったけど……」

「あーしも。なにかあったら力になるよって。でも、既読すらつかないんだよね……」

空いた兎亜の席を眺めながら、二人は深くため息をついた。

どうやら、連絡はうまく取れてないようだ。

「どうしよ……あーし、ちょっと電話してみようかな。なにか困った問題があって休んでるのかもしれないし」

「電話？　それは止《や》めた方がいいんじゃ……」

「え？　なんで？」

「だって、兎亜が本当に何か悩んでいたら、私たちに相談してると思う。それをしないのは、詮索されたくないのかなって」

「詮索されたくない問題って？」

「それは、ちょっと分からないけど……」

兎亜が休んだ理由を考え、二人は思考を巡らせる。

「でも……現実的に考えたら、風邪の可能性が高いと思う。病院に行ってて、学校に連絡し忘れたとか」

「あっ、確かに。それじゃあいっそ、お見舞いがてら様子見に行っちゃう？」

恋花が、素晴らしい提案を口にした。

お見舞い。それは名案だ！　兎亜に何があったかは知らないが、二人が行けば絶対に喜ぶ。

彼女たちなら兎亜の家だって知ってるだろうし、是非とも行ってあげてほしい。

「でも……私たちが行っても、迷惑じゃない？」

「え、なんで？　別によくない？」

「だって、風邪なら私たちにできることはないから。お見舞いに行っても、熱が下がるわけじゃないし」

「えー！　そんなことないって！　風邪の時は心も弱ってるんだから！　お見舞い来るだけで嬉《うれ》しいじゃん！」

「でも熱が引いてなかったら、それこそ邪魔になると思う。辛《つら》いときは、静かに放っておくのが一番」

「いや、それしおりん冷たいってー！　放《ほ》っとくなんて可哀想《かわいそう》だよ！　絶対お見舞い行った方がいいよー！」

バンバンと、恋花が駄々っ子のように机をたたく。

「しおりんだって、兎亜ちんのこと心配でしょ!?」

「心配に決まってる。だけど、私たちが安心するために兎亜に迷惑をかけるのは、違う」

「別に迷惑かけに行くわけじゃないじゃん！　それに兎亜ちん、一人で寂しくて泣いちゃってるかもしれないんだよ!?　なんで想像できないのー!?」

「風邪の時は、行くこと自体迷惑でしょ。そもそも泣く前に、寝て休んでるでしょうし」

「そんなことないし！　お見舞いくらい普通に行くしー！」

なんだか、段々議論が白熱してきた。二人とも、真っ向から対立している。

「そう言えば、しおりんって前にあーしが風邪引いたときも、お見舞い来てくれなかったよね⁉　ひどいよー！　なんで⁉　ねぇ、なんで⁉」

「だって、私が行って騒がれても困るし。悪化したら、私のせいになっちゃうでしょ」

「もー！　またそういう冷たいこと言う！　来てくれるって思ってたのにー！　漫画も用意して待ってたのにー！」

涙目で抗議する恋花《れんか》。どれだけ、栞に来てほしかったんだろう。

「しおりんのバカー！　ほんと冷たいじゃん！」

「つ、冷たくない！　むしろ恋花が無神経なだけ！」

「はー⁉　あーしのどこが無神経なの⁉」

「だって小学生の時、読んでた本のネタバラししたでしょ？　ドラマで先に観《み》てたのか、『それ、ヒロイン最後に死んじゃうよ！』って！　なんで言っちゃうの？　ありえない！　続き楽しみにしてたのに……！」

「だからそれは、しおりんが嫌いな話かと思ってー！　人死んじゃうお話苦手じゃん！　可哀想な話苦手じゃん！」

「それが無神経だって言ってるの！　せっかく恋花が好きそうな作品だから、お小遣いはたいて買ったのに……！」

言い合いの中で、二人の目にうっすら涙がたまっていく。

彼女たちが、お互い明らかに好き同士なのはハッキリ分かった。しかし、今は明らかにすれ違っている。

「恋花のバカ！　なんでアンタはいつもいつも……！」

「むぅ……！　しおりんこそ、わからずやー！」

お互い涙目になりながら、ギャースギャースと言い合う二人。

そんな彼女たちの姿に、俺は――

「二人とも、誤解しすぎだよ」

――さすがに、口を挟んでしまった。

「ソーマ君……？」

駄目だ。静観するって決めたばかりだけど、この会話はちょっと聞き逃せなかった。こんな誤解で、仲を悪化させてほしくない。

「まず、恋花は別に無神経じゃないよ。ただ、自分の気持ちに真っすぐなだけ。どうしてもお見舞いに行きたいのも、兎亜《とあ》のことを強く思いやっているからこそだし。すごく愛情深い人だと思うよ」

「ソーマ君……！」

「それに栞《しおり》も冷たくない。口下手な上に冷静だから、素っ気ない感じになってるだけでさ。その裏にはいつも優しさがあるよ。お見舞いだって、あくまで相手の体調を思って避けてるわけだし。いつも冷静に考えたうえで、人のために動けるすごい子だよ」

「……………！」

二人がじっと俺を見つめる。

「短所と思うようなところにも、実は長所が隠れていたりする。だから、そこは間違えないでほしいな」

二人の長所は、どちらも俺が週末のお出かけで、本人たちへ伝えたことだ。

『恋花さんの自分に正直で真っすぐなところは、俺はすごく魅力的だと思うよ』

『だって栞さん、口下手なだけで本当は誰よりも優しいでしょ』

そんな二人の素晴らしいところは、お互いに知っておいてほしい。

そんな思いが通じたのか、二人が顔を見合わせた。

「ご、ごめん……しおりん……。本当はしおりんが優しいの、ちゃんと分かってたはずなのに……」

「私も、ごめん……。幼馴染《おさななじみ》なのに、恋花の良いところ忘れてた」

よかった。分かってくれたみたいだ。

「まぁ、仲が良くていつも一緒にいるからこそ、見失うこともあると思う。近づきすぎると、かえって見づらくなるものだからさ」

「うん。ソーマ君のおかげで、大事なことに気づけたよ！」

「成瀬《なるせ》君は、すごい。私のことも恋花のことも、こんなに理解してくれてるなんて」

「俺は、遠くで眺めてる第三者だから」

俺はいつも、一歩離れた位置から彼女たちを見てきた。だからこそ、客観的に三人のことが分かるんだ。彼女たちがどれほど仲良しなのかも。それぞれの長所が何なのかも。

と、その時。

俺はふと、兎亜との会話も思い出した。

『気を遣ってばかりだと、いくら兎亜さんでも疲れるんじゃないかな』

『そう……かな？　あはは。確かにそうかも』

『わたし、普段は自分より他人のことが気になっちゃって……。頼るより、頼られる方が得意だから。少し大変な時はあるかな』

　ゲーセンで話した、長所故に兎亜が抱えている苦労。今回の件に、繋《つな》がるかもしれない問題。それを俺は知っている。

　でも彼女たちは、ちゃんと気づいているだろうか？

　もしかしたら、いつも近くにいるからこそ、見落としてしまっているかもしれない。ちょうど今、そうだったように。

　やはり、俺が伝えるべきかもしれない。彼女たちを、ずっと見守ってきた者として。

「あのさ……。もしかしたら兎亜のことでも、俺に分かることがあるかもしれない」

「えっ？　兎亜ちんのこと？　何か知ってるの？」

　ずいっと、恋花が俺に身を寄せる。

「休んでる理由は分からないけどね。少なくとも一つ言えることは……兎亜は何かあったとしても、自分から相談できるタイプじゃないよ」

『え……？』

　恋花と栞の声が重なる。

「兎亜は、何か辛いことがあっても、自分から人に頼れるような——甘えられるようなタイプじゃないんだ」

彼女は周りを気遣ってばかりで、実は自分から甘えるのは下手だった。

そのことは、二人も理解できるはずだ。

「言われてみれば、確かにそうかも！」

「私も分かる……！　食券のボタンが届かないときも、兎亜は助けを求めなかった」

俺の言葉に、二人が頷《うなず》く。

「もしかしたら兎亜は、風邪を引いて苦しんでいるのかもしれない。それとも、何か悩んでいるのかもしれない。その内容は分からないけど……自分から相談するのは苦手なんだよ。だからできれば、二人の方から手を差し伸べてあげられるといいかな」

恋花と栞は、誰よりも兎亜と仲良しなんだから。

「栞の気持ちも分かるけど、もっと踏み込んでも良いと思う。心配なら、我慢せずに側《そば》に行けばいい。兎亜も絶対に喜ぶはずだから」

「……うん。成瀬君の言う通りかも。ちょっと変に考えすぎてた」

俺の言葉に、栞が頷く。

「じゃあさ！　今日の放課後、行っちゃお！　お見舞い！」

「うん。もし風邪だったら、すぐ帰ればいいし」

「よーし決定！　ソーマ君も行こうね！」

「え、俺も？」

「うん。きっと兎亜も喜ぶから」

できればもう、俺は彼女たちの関係に水を差したくないんだけど……。

「それに兎亜ちゃんの状況によっては、ソーマ君の手も借りたいなって。だめ？」

まぁ、確かに男手が必要な可能性とかはあるかもしれない。

今後の彼女たちのことを考えると、俺が直接兎亜を助けるのは避けたいが……よく考えると、兎亜があれほど疲弊してるのは、かなりの異常事態な気もする。体調不良にせよ、悩みからくる心労にせよ、百合《ゆり》を案じている場合ではないかも。

「分かった。俺も兎亜が心配だしね」

※

学校を出て、約二十分。

俺は二人に連れられて、兎亜の家の前にやってきた。

彼女の家は、二階建ての一軒家であった。家の周囲はレンガ塀で囲まれており、小さいが庭もあるようだ。周囲の住宅と比べても、綺麗《きれい》でオシャレな印象の家。

「よーし……とりあえずチャイム、鳴らしてみますか」

玄関より手前のレンガ塀に用意されているチャイムを前に、恋花が何度か深呼吸をする。

ただ友達の家に来ただけでも、チャイムを鳴らすのは緊張するもの。兎亜が心配なこの状況なら、なおさらだろう。

そんな彼女に、俺は言う。

「恋花、大丈夫だ。きっと兎亜は平気だから」

「そ、そうだね……。よーし！　待ってろよ、兎亜ー！」

深呼吸の後、恋花がチャイムに指をやる。

そして、ぐっと力を籠める——。

直前、玄関が大きく開いた。

「よーし！　脱出成功ー！」

「このままゲーセン行っちゃえー！」

『えっ？』

家の中から、少女が二人飛び出してきた。兎亜を少し小さくしたような、中学生ほどの女の子たちだ。

　驚きで、俺たち三人は固まる。

「あれ？　お客さん？　瑠愛《るあ》の知り合い？」

「ううん。お姉ちゃんのお友達かなぁ？」

　少女たちと、家の前にいた俺たちの目が合う。

　お姉ちゃん……？　ってことはこの子たち、もしかして……。

「莉愛《りあ》、瑠愛～！　ちょっと待ちなさ～い！」

　次の瞬間、聞き覚えのある声。

　玄関から出てきた兎亜が、女の子二人を捕まえた。

「も～っ！　今日は外出禁止って言ったでしょ～！」

「あ～！　バレちゃった～！」

「お姉ちゃん、怖いよぉ～！　殺されるぅ～！」

　兎亜に首根っこを摑《つか》まれて、じたばたと暴れている女の子たち。

　そんな二人に、兎亜が声を荒らげる。

「人聞き悪いこと言わないの！　まったくもう、この子たちはほんとに――」

　言葉の途中。兎亜がふと、顔をこちらに向けた。

そして、ポカンとした俺たちと目が合った。

「や、やっほー……兎亜《とあ》ちん……」

「あれっ⁉ みんな、どうしてここに⁉」

驚きで兎亜が目を見開いた。

「私たちは……兎亜の様子を見に来たんだけど……」

「思ったより元気そうだね？ 兎亜ちん……」

「ってかこれ、どういう状況なんだ？」

「あっ！ いや、それは……」

俺たちの指摘に、目を泳がす兎亜。なんだか、焦《あせ》っている様子だ。

「ゆっくりでいいから、よかったら教えてほしいんだけど」

困惑しつつも、俺は優しく兎亜に問いかける。

予想以上に元気そうな兎亜に、摑まっている二人の女の子。本当に、何が何だか分からない。

気抜けした様子の俺たちに、兎亜は諦めたように息をついた。

「わ、分かったよ～……。とりあえず、上がって？」

※

家のリビングに通された後。俺たちは兎亜から、今日休んだ理由の説明を受けた。そしてその原因は、彼女の妹たちにあったらしい。

莉愛ちゃんと瑠亜ちゃん。中学二年生の双子で、兎亜の妹。彼女たちは今、通っている中学校で、大きな問題を抱えていた。

それは、死ぬほど成績が悪いということ。五月の中間試験では、二人とも全教科赤点という偉業を成し遂げ、教師たちから目をつけられた。そして七月頭の期末考査を控えた今、『また同じような結果なら、夏休み返上で補習に来い』と、担任から言われたらしいのだ。

双子たちの、夏休み消失の危機。しかも宇佐美《うさみ》家では夏休みに海外旅行の予定があり、双子の問題は家族全体の問題になった。そこで兎亜は、双子たちが少しでもいい成績をとれるよう、サポートを始めたとのことだ。

「今日この子たちの中学校、創立記念日で休みだから。一日みっちり勉強を叩《たた》き込んであげないとと思って……」

「それで、学校を休んだんだな……」

双子たちは勉強嫌いで、放っておいたら間違いなくサボり続けてしまうらしい。教師役兼監視役として、兎亜がいなければいけなかったそうだ。休みの連絡は、単純に入れ忘れただけらしい。

「さっきのはまさしく、二人が勉強から逃げようとしてたところだったのか」

「うん。ちょっと目を離すと、すぐ逃げちゃうから大変で……」

なるほどな。欠席には、そんな事情があったのか。

「じゃあ昨日元気がなかったのも、勉強を教えていたからなのか？」

「うん。わたしの家、親が遅くまで働いてて、家事はわたしがやってるんだけど……。その上妹たちの勉強を見て、自分の宿題までやってたら、ほとんど寝る時間がなくて～」

さすが、面倒見の良い兎亜だ。彼女の献身的な態度は、家庭環境で育まれていた。

「なんだ……それなら、昨日教えてくれればよかったのに。皆で心配したんだぞ？」

「そんなのできれば言いたくないよ～！　身内の恥は、できれば隠しておきたいもん……」

「どんまい、お姉ちゃん！」

「落ち込まないで！　いいことあるって！」

「誰のせいだと思ってるの～!?」

怒った兎亜が、双子たちの頬をムニ〜っと引っ張る。二人は姉にお仕置きされながらも、元気にキャッキャと笑っていた。

……なんか、この様子もちょっといいな。姉妹百合、とても尊いと思う。

「もうっ！　兎亜ちんのバカ！　いい加減にしてよ！」

急に、恋花《れんか》が声を張り上げた。

何事かと、双子から手を離す兎亜。

「そんなに大変なら、なんであーしたちに言ってくんないの!?」

「そ、それはだから……身内の情けない話は、あんまりしたくなかったからで……」

「でもそれで、兎亜ちんが大変な思いしてたんでしょ!?　そんなん、あーし嫌だから！」

うっすらと、瞳に涙を溜《た》める恋花。

「兎亜。私も同じ気持ち。大変なら、一人で無理してほしくない」

「で、でも……」

「少しでも、手伝えることはあるかもしれない。困ったときは、もうちょっと頼って？」

「栞《しおり》ちゃん……」

心配し、兎亜を囲む恋花と栞。

良かった。三人は今でもちゃんと、お互いのことを思いやっている。俺のせいで彼女たちの絆《きずな》が壊れていないか心配だったが、どうやら杞憂《きゆう》だったようだ。

そんな彼女たちの尊い姿を、俺はずっと見ていたい。

「恋花、栞。ちょっと提案なんだけど」

あえて、兎亜と良い雰囲気になっていた二人に呼びかける。

「今日は俺たちで、兎亜のことを手伝わない？　兎亜がゆっくりできるようにさ」

「えっ⁉」

真っ先に反応したのは、兎亜だった。

「そ、そんな悪いよ！　皆には全然関係ないのに……」

「遠慮なんていいから。中学の勉強なら俺も教えられるだろうし、少しは力になりたいんだよ。それと、恋花たちは家事を手伝ってあげてほしい。もちろん、兎亜が迷惑じゃなければだけど」

「迷惑どころか、ありがたいけど……」

とても申し訳なさそうな兎亜。そんな彼女に、追撃が飛ぶ。

「いいね、それ！　やろう！　あーし、これでも掃除とか自信あるから！」

「私も、料理や洗濯は手伝えると思う」

「ふ、二人まで……！　そんなの、いいの……？」

「あったりまえじゃん！　兎亜ちんの力になれる方が嬉《うれ》しい！」

優しい笑顔を兎亜に向ける二人。そんな彼女たちに、兎亜もようやく笑顔になった。

「ありがとう……それじゃあ、お願いしようかな！」

※

兎亜を手伝うことに決めた後。

俺は早速リビングで、双子に勉強を教えていた。

教えていたんだが……。

「なるほど。予想以上だなぁ……」

彼女たちに解いてもらった、問題集の採点を終える。

国語は漢字がほぼ全滅。数学は簡単な計算問題でもミスをして、英単語はもうボロボロだった。

「ねーねー、お兄ちゃん。もう勉強飽きちゃったよー」

「こっそり三人で抜け出しちゃわない？」

しかも、学習意欲まで死んでいる。本当に勉強が嫌いなんだなぁ……。

「こらこら。真面目にやらなきゃダメだよ。兎亜だって、君たちのために頑張ってくれてるんだから」

「でも私たち、勉強嫌いだもーん」

「それより、お兄ちゃんと遊びに行きたいなー♪」

俺を懐柔し、勉強から逃げる腹積もりなのか。側《そば》にすり寄って来る二人。

これは、まず彼女たちのやる気を引き出すところから始めるべきだな。予想以上に骨が折れそうだ。妹がいるのは聞いていたが、こんなにヤンチャとは思わなかった。

しかし、それでも手伝いを買って出た甲斐《かい》はある。

俺が双子たちの家庭教師をやろうとしたのは、兎亜の助けになりたいという以外にも、大きな理由があったのだ。

それは――

「兎亜、玉子焼きできた。味見して」

「わーい！　栞ちゃん、食べさせてー♪」

「もう……兎亜はしょうがないなぁ」

ひな鳥のように口を開けた兎亜に、栞が玉子焼きを一切れ食べさせる。

「あぁ……てぇてぇ……！」

リビングと隣り合っているキッチン。

そこで料理をする三人を見ながら、俺の頬がつい緩んだ。

俺が一人で勉強を教えようとしたのは、この光景が見たかったからだ。

ここ最近、間に挟まってばかりいたせいで、見られなかった百合《ゆり》模様。久しぶりの光景に、この上なく尊い気持ちになる。

「どう？　美味《おい》しい？」

「うん！　最高！　栞ちゃん、料理すっごく上手だよ～！」

「あー！　ずるいずるい！　しおりん、あーしもー！　食べさせて！」

隣で食材を切っていた恋花も、可愛《かわい》らしく口を開いた。

「はいはい。どうぞ」

「おぉ！　メッチャあーし好みの味付けじゃん！」

「知ってる。だから砂糖多めに入れてみた」

知ってるだと？　栞は恋花の味の好みを把握してるのか。関係性の深さが見えて、ますますニヤニヤしてしまう。

「しおりん……めっちゃ優しいじゃん……！　大好きー！」

「包丁持ったまま近づかないで。それより、もう野菜は切れたの？」

「今やってるってー。すぐ終わるよー！」

ニンジンをトントン切り進める恋花。それを見て、栞が声を上げる。

「待って、恋花。それじゃ指を切る」

「ほえ？」

どうやら、包丁の使い方がおかしかったようだ。

「恋花ちゃん、あんまり料理慣れてないんだね？　成瀬《なるせ》君へのお弁当も、唐揚げとポテトサラダだったし……」

「恋花に任せたのは失敗かも……。しょうがない」

包丁の使い方を教えるために、恋花の後ろに立つ栞。

彼女は背後からハグをするようにして、恋花の両手に手を添えた。

「指はこうして丸めて、猫の手にして？　そうすれば、安全に切れるから」

「猫の手？　にゃーにゃー！」

「ふざけない。あと、包丁の位置はここ」

文字通り手をとり、丁寧に教えていく栞。あの二人が、あんなに密着しているなんて。

「あー！　二人でイチャイチャして、ズルいよ〜。栞ちゃん、次はわたしの番ね？」

「べっ、別にイチャイチャしてるわけじゃ……！　これは恋花が怪我《けが》しないように……」

「あーしのために⁉　しおりん、メッチャあーしのこと好きじゃん！」

「ああもう……だから違うから！」

真っ赤な顔で叫ぶ栞。

あぁ……よかった。本当によかった。

彼女たちはちゃんと、今も尊く百合百合している。きっとこの瞬間、三人の頭に俺の存在は無いだろう。兎亜《とあ》を支えるというミッションを経て、彼女たちの恋は復活した。

ハーレムルートから、百合ルートへと戻ったんだ！

「ねーねー。お兄ちゃん、なにニヤニヤしてるのー？」

「気持ち悪いよー。勉強やるなら教えてよー」

二人に左右から、ぐいぐいと服を引っ張られる。

「ああ、ごめん。つい……」

「今、お姉ちゃんのこと見てたよねー？　好きなの？」

「私たちがアドバイスしてあげようかー？」

「いや、そういうわけじゃないから。いいから」

尊い百合として推してはいるが、恋愛したいわけじゃない。俺はただ、この光景を眺められればそれでいいんだ。

「うぇーん。玉ねぎがしみるー！　とあちん、助けてー！」

「よ～し、よ～し。わたしがやるから、大丈夫だよ～」

「兎亜。甘やかしちゃダメ。図に乗るから」

恋花を抱きしめて撫《な》でる兎亜と、やれやれとため息をつく栞。

いつもの、これ以上ないほど幸せな光景。これが、俺の望んだ平和な世界だ。

「ねー、お兄ちゃん。せっかくだし、私たちが付き合ってあげようか？」

「今ならセットで、双子同時に付き合えまーす♪」

「いや、結構です……もう挟まれるのは御免だから」

双子たちのからかいに、俺は心の底からの言葉を返した。

※

双子たちとの勉強会は、三時間ほどで幕を閉じた。

最初はやる気を出さなかった二人も、俺と話すうちに頭が温まったのか、最終的にはそこそこ集中してくれた。今日一日で劇的に成長したわけではないが、この調子でやれば赤点回避は可能だろう。

「迷惑じゃなければ、また来て勉強手伝おうかな」

帰宅する前。宇佐美《うさみ》家のお手洗いを借りていた俺は、呟《つぶや》いた。

俺も、あの双子が赤点を回避できるかは心配だ。それに、また二人と一緒にここに来れば、百合たちの絡《から》みも見られるはずだ。

それを楽しみに思いながら、トイレから出て手を洗う。

「壮真《そうま》君！」

兎亜が廊下から顔を出した。

「兎亜。もう家事は終わったの？」

「うん！　二人のおかげで助かっちゃった！　壮真君も、妹の勉強見てくれてありがと！」

「あれくらい、なんてことないよ」

むしろ俺もお礼を言いたい。素晴らしいイチャイチャを堪能《たんのう》させてもらったから。

「それでね……あの、壮真君」

なにやら、兎亜がもじもじする。

「恋花《れんか》ちゃんたちが来てくれたのって、壮真君のおかげなんだよね？」

聞くと、二人が兎亜に話したようだ。俺が背中を押したから、兎亜の家に行く決心がついたと。

「それもありがとう！　今日、本当に楽しかったんだ～！　皆と一緒に、お料理ができて！」

「え？　いや、まぁ……」

「別にお礼なんていいよ。大したことしたわけでもないし」

これ以上無駄に好感度が上がっても困るしな……。本当にあまり気にしないでほしい。

ただ、『あのこと』だけは言わないと。

「それより……兎亜。俺はお礼より謝罪がほしいかな」

「えっ？」

兎亜の表情が、怯《おび》えたように固まった。

「ご、ごめんね……？　やっぱり、手伝ってもらっちゃったから……？」

「違うよ。兎亜が忘れていたからだって。この前俺が言ったことをさ」

俺は兎亜にもう一度、この前聞かせたセリフを言う。

「気を遣ってばかりだと、いくら兎亜でも疲れるんじゃないかな。たまには誰かに心の底から、甘えることも大事だよ」

「あっ……」

「実際に、昨日はすごく疲れてたし。なんであんなに大変そうなのに、相談の一つもしてくれないの？」

『妹の家庭教師や家事で疲れてる』と一言俺たちに言ってくれれば、いくらでも手を貸したのに。

「それは……わたし、やっぱり抵抗があって……。誰かに何かを頼むのが」

「抵抗？」

「だって、頼みごとをするってことは、相手に負担を押し付けちゃうってことでしょ？　そんなことしたら、申し訳なくて」

しゅん、と沈んだ顔になる兎亜。

「それに、もしも嫌な顔をされちゃったらって考えると……どうしても怖くなっちゃうんだ……。それならちょっと大変でも、自分一人で片付けた方が……」

「そっか。それならまぁ、気持ちは分かる」

頼みごとをされて、嫌な顔をする人もいるだろう。俺だって頼む側の時は気を遣うしな。

「でも、今日の恋花と栞《しおり》はどうだった？　兎亜を手伝って、嫌な顔してた？」

「……！　全然！　むしろ、すごく楽しそうにしてくれた……！」

「でしょ？　好きな相手から頼られるのは、案外嬉《うれ》しいものだからさ」

兎亜の言うことも間違いじゃないけど、あの二人には当てはまらない。だって二人とも、兎亜のことがすごく好きだから。

「そう……かな？　わたし、頼っちゃってもいいのかな？」

「当り前だって。俺も、必要ならまた手伝いに来るから。恋花と栞も一緒にね」

あの二人なら間違いなく、大喜びで兎亜の手伝いを続けるから。

「壮真君……！　ぐすっ……」

不意に、兎亜の瞳が潤んだ。

キラキラと綺麗《きれい》に輝く雫《しずく》が、彼女の頬を伝って落ちる。

「と、兎亜……!?」

突然の涙に焦《あせ》ってしまう。また女の子を泣かせてしまった……！

「もぉ……。なんでそんなに優しいのかな……？　わたし、何にもお返しできないよ？」

「いや！　別に、優しいわけじゃないけどさ……！」

ただそうすれば、また三人のイチャイチャを楽しめるから。

それに、家庭教師も乗り掛かった船だし。最後まで、あの双子の面倒を見てやりたい。

「分かったよ、壮真君……。アドバイス、今度こそ受け取ったから」

兎亜がごしごしと涙をぬぐう。

そして、満面の笑みを俺に向けた。

「これからは、ちゃんと皆に甘えることにするからね！」

「ああ。そうしてくれると俺も嬉しい」

ここまで言えば、きっともう一人で無理をすることは無いだろう。

兎亜が二人に甘える様子を、楽しみやすくなるはずだ。

「早速なんだけど……壮真君に、一個お願いしてもいい？」

「俺に？」

変なお願いとかじゃないよな……？

「実は今日、恋花ちゃんと栞ちゃんには泊まってもらうことにしたの。お礼も兼ねて、皆で一緒にご飯を食べて、布団《ふとん》でお話ししようって！」

「へぇ。そうなんだ。よかったね」

百合《ゆり》三人でのお泊まりだと!? なんでもない風に返事をしたが、頭の中では一気に妄想が広がった。

百合女子たちが三人そろってお泊まり会。何もおきないはずがない。もしかして、一緒の布団で三人が添い寝するのかも！

「それでね、壮真君。もしよかったら……壮真君も泊まっていかない？」

「え？」

俺も？　なんで？

「壮真君にも今日のお礼がしたいから！　泊まっていってくれないかな？　もちろん、ご飯も一緒に食べよう！」

今日は別々で作ったお弁当じゃないから、どれを食べるか困らせないよ。と、悪戯《いたずら》っぽく付け足す兎亜。

「いや。そういうわけにはいかないって」

恋花たちはともかく、俺は男だ。女子の家に泊まるなんて、百合に挟まるのと同じくらいにありえない。もちろん、手を出すようなつもりはないけど。

「大丈夫だよ！　わたしたち、みんな壮真君を信用してるもん！　それに親も、今日は二人とも出張で帰ってこないから！」

「だったら尚更《なおさら》泊まれないって。親の許可もないのに、そんな……」

食事だけならまだしも、泊まるのは絶対にありえない。

それに、できれば食事も遠慮したいところなのだ。彼女たちと同じ食卓を囲めば、また挟まることになってしまうから。

「やっぱり、男の子的には女子の家は気乗りしないかな？」

「まぁ……一応、そんなところかな」

「そっかぁ……。でも、今外に出ると危ないよ？」

「え？」

疑問に思って、廊下の窓から外を見る。すると、いつの間にか大雨が降っていた。大粒の雨が地面を叩《たた》きつけていて、強い風が街路樹を揺らしている。台風のように大荒れの天気だ。

そういえば、今日は天気予報を見逃していた。よりによって、この日にこんな天気とは……。

「しかも、強風で電車も止まってるみたいだし……。壮真君の家って、近いわけじゃないよね？」

「う、うん……」

帰宅するには、電車での移動が必要な距離だ。

「この風じゃ、傘を貸しても濡《ぬ》れちゃうだろうし……今夜は泊まった方がいいよ」

「…………」

正直、兎亜《とあ》の言う通りだ。

時折雷も鳴っているようで、外に出るのは危なそう。家族に迎えを頼むにも、この荒れ方では気が引けた。

仕方、ないか……。

「ごめん。今日だけ、頼めると嬉しい……」

「うん！　もちろん！　ありがとう！」

お礼を言うのは、こっちなんだけど……満面の笑みで言う兎亜に、こちらもつられて笑顔になる。

すると。

「兎亜ちーん！　お風呂の準備できたよー！」

「ご飯炊けるまで少しかかるから、先に入ったほうがいい」

恋花たちが、兎亜を呼びに来た。

「二人とも！　壮真君も泊まってくれるって！」

「マジ？　やったぁ！　枕投げしよ！　枕投げ！」

「騒がないの……。でも、成瀬《なるせ》君がいるのは嬉しい」

二人が俺に笑顔を向ける。

まぁ、大人数でのお泊まり会は楽しいもんな。彼女たちも無事百合女子に戻ったわけだし。

俺が求められてるんじゃ、ないよな……？

「あ、ソーマ君先お風呂入る？　あーしたち、後でも大丈夫だよ！」

「いや、いいよ。さすがに女子に譲るって」

「んじゃ、先に入っちゃうね！　行こ、二人とも！　レッツバスタイム！」

恋花《れんか》さんが言い、他の二人もバスルームへ続く。

「え、ちょっと待ってくれ。三人で一緒に入るのか？」

「うん。そだよー。仲良く裸の付き合いなのだ！」

元気にピースする恋花。

「私は、一人で入りたいんだけど……恋花が、どうしてもっていうから」

「わたしも、さすがにちょっと恥ずかしいかな～。家のお風呂、広くないし……」

「いーじゃん！　皆で入ったほうが楽しいじゃん！」

三人でお風呂なんて、尊すぎるだろ……！

そんなことを聞いたら、妄想せずにはいられない。生まれたままの姿になった三人が、仲良くシャワーを浴びる光景を。

そして、裸で背中を洗い合い、三人で体を寄せ合って湯船に浸《つ》かる光景を……。

「だ、駄目だ！　やめろ俺！」

そんな邪《よこしま》な妄想はいけない。俺はあくまで、健全な百合が見たいだけなんだ。

「……大丈夫？　成瀬君」

栞が心配そうに近づいてきた。

「もしかして……成瀬君も一緒に入りたい？」

「なっ⁉」

「さ、さすがにそれはダメだからね……？」

頬を赤くして注意する栞。いや、そんなつもりはないんだが……！

「わぁ……今の栞ちゃん、すごく大人な感じがしたよ～！」

「というより……エロくね？　しおりん、実はムッツリだったり……」

「う、うっさい馬鹿！　早く行くよ！」

栞が恋花たちを引っ張っていく。そして脱衣所の扉が閉まった。

び、びっくりした……あの表情であんなセリフ……俺じゃなかったら、惚《ほ》れてたぞ。

でも三人で一緒にお風呂なんて、やっぱよっぽど仲が良いんだろうな。普通は銭湯とかじゃなければ、同性でも一緒に風呂なんて入らないはずだ。

本当に、三人が百合に戻ってよかった。

※

「で？　恋花、話って何？」

浴室にて。

栞《しおり》は大きな胸を片手で隠し、シャワーで体を洗っていた。

「急に『お風呂で皆と話したい』だなんて……。裸見られるの、普通に恥ずかしいんだけど」

「普通、家のお風呂で一緒には入らないもんね～」

「ごめん。分かってる。あーしも、正直大分恥ずいから……」

金色の髪を、シャンプーでわしゃわしゃ泡立てる恋花。彼女も自分の胸やお腹《なか》を隠すように、背を向けて壁際《かべぎわ》に立っている。

「でもさ、ここ以外だとソーマ君に聞かれちゃう可能性あるじゃん？」

「壮真《そうま》君には、聞かれたくない話があるの？」

先に体を洗い終えた兎亜が、浴槽の中から問いかけた。

「うん。まぁ、そんなとこ」

答えて、恋花が一拍置く。

そして再び口を開いた。

「やっぱさぁ。ソーマ君ってかっこいいよね」

「急に、何？　改まって」

「いや、だって。今回もソーマ君に助けてもらったじゃん。ソーマ君がいなかったら、今日兎亜ちんを手伝うことも無かったかもだし」

「それは確かに。成瀬君は、私たち以上に兎亜のことをわかってて凄い」

「だよね！　もうほんと、あんな人他にいないって」

そして、はぁ……とため息をついた。

「でもあーしたち、いわゆるライバルなんだよねぇ。ソーマ君のこと、好きなわけだし」

「うん。そうなると思う。でも、別にそんなの気にしなくていいでしょ」

「なんで？　なんか嫌じゃない？　それが原因で、喧嘩《けんか》しちゃったりしそうじゃん？　皆でソーマ君のお弁当作ったときも、軽い言い合いにはなったしさ」

恋花たちの中で、あの程度は軽いじゃれ合いだった。しかし、今後壮真を巡って本気の争いが起こる可能性だってある。

「へぇ……。恋花は、それが心配なんだ？」

「うん……。それで、一度話しておきたいなって」

恋花の返答。それを受け、栞がなぜかシャワーを止めた。

彼女は胸を隠すのも忘れ、恋花の前に歩み寄る。

「え、しおりん？」

突然近づかれ、固まる恋花。

「な、なに……？　あの、今裸だから、あんま見られると――」

「えいっ」

栞が恋花にデコピンを放った。パチンと、なかなかいい音が浴室に響く。

「あいたっ！　しおりん、なにすんの⁉」

「馬鹿なことで悩んでるから、お仕置き」

プイっと恋花にお尻を向けて、また体を洗い始める栞。

「そんなことで、一緒にお風呂なんか入らせないで。私は別に、二人と争うつもりはないから。そもそも私たちが喧嘩しても意味ない。結局誰と付き合うかは、成瀬君が決めることでしょう？」

「まぁ、それはそうだけど……」

「それに、私たちが全員振られる可能性だってあるんだから」

「いや、不吉なこと言わないでよしおりん！」

「あははっ。でも、わたしも同じ考えだよ～」

　兎亜が、朗らかな声で言う。

「同じ人を好きになっても、ずっと仲良くしていたいよね！」

「うん。私たちは、ずっと友達。変に悩む必要ないから」

「二人とも……」

　恋花が思っていたよりも、この友情は深かったようだ。少なくとも、色恋沙汰では消えない程度に。

「あんがと。なんか、ちょっと楽になったかも」

　恋花の顔に、いつもの明るい笑みが戻った。

「でもあーし、ソーマ君へのアプローチは我慢しないからね！　それで負けても、恨まないでよ！」

　二人を振り向き、胸を張る恋花。しかし栞がジト目を向けた。

「アプローチ……できるの？　恋花、意外にピュアなところあるけど」

「で、できるし！　恋する乙女なめんなよー！　チューくらい、全然余裕だかんね!?　なんなら、ソーマ君の寝込みとか襲えるし！」

「そんなことしたら、痴女と思われる」

「うっさい！　しおりんに言われたくないって！　部屋の本棚、エロ本ばっかかじゃん！」

「なっ……！　あれは、普通の少女漫画で……！」

「二人とも、喧嘩しないで～。仲良くしようって言ったばかりだよ？」

いつものケンカップルの小競《こぜ》り合いを、兎亜《とあ》が笑いながら仲裁する。

「そうだ！　皆で背中の洗いっこしない？　せっかく一緒にお風呂いるんだし。なんか、仲良い感じもするじゃん！」

「あっ！　それいいかも！　まさしく裸の付き合いって感じで！」

「ええ……体は自分でゆっくり洗った方が……」

「じゃあ、あーしと兎亜ちん二人でやろっか！　しおりんだけは不参加で」

「……待って。仲間外れは良くないと思う」

そうして美少女三人は、お互いに背中を流し合った。

※

お風呂に入り、皆で食事をとった後。

双子たちが自室に戻ったことで、俺も寝室へ移動することとなった。

兎亜たちと、同じ寝室へ。

「あー！　兎亜ちんの寝間着姿、かわよー！　襲っちゃえー！」

「ちょっと、もぉ～！　ばかぁ～！　恋花ちゃん、嫌い～！」

兎亜が用意した敷布団《しきぶとん》の上で、二人が暴れまわっている。うさ耳パーカー付きのナイトウェアを着ている兎亜に、恋花がじゃれついている形だ。

「もー、ホント可愛いー！　兎亜ちんにウサミミ、最強過ぎん？」

「やめてよ～！　恋花ちゃん、変態さんみたいだよ～？」

そう言いつつも、笑って恋花とじゃれ合う兎亜。抱き着いてくる恋花の肩を、優しくペチペチと叩《たた》いている。可愛《かわい》すぎだろ、この二人。

そもそも、恋花の寝間着姿も魅力的だった。彼女は兎亜の母親の服を借りているのだが、ワンピース型の白い寝間着には、デフォルメされた猫のキャラクターが印刷されており、非常に愛らしい印象を与える。

「ちょっと……セクハラはそろそろ止《や》めて」

兎亜にじゃれる恋花を眺めて、ため息交じりに栞が言った。

「えー？　でもしおりんも思うっしょ？　兎亜ちん、可愛すぎじゃない？」

「それはそう。兎亜の寝間着姿は、一番可愛い」

「も～！　栞ちゃんまで、やめてよぉ！」

恥ずかしさのあまり、ポカポカと栞を叩く兎亜。パーカーのうさ耳が、その動きに合わせて揺れていて、可愛い。

「それを言うなら、栞ちゃんだって可愛いよ！」

「え？　わ、私……!?」

驚く栞。しかしそれには俺も同意だ。

栞が着ているのは、ところどころにフリルのあしらわれたナイトウェア。兎亜がサイズを間違えて買ったものらしい。頭に被《かぶ》ったナイトキャップが子供っぽさを演出し、普段のクールな彼女とは違う魅力を印象付けている。

兎亜も、恋花《れんか》も、そして栞も。女子の寝間着姿というのは、どうしてこんなに可愛いのだろうか。服がもこもこで可愛いからか、若干の無防備感があるせいなのか、なんだか刺激が強すぎる。

そしてそんな彼女たちが仲良くじゃれ合っている様子は、俺にはたまらない光景だった。

「じゃあ兎亜ちん！　二人でしおりん襲っちゃおーぜ！」

「りょうか～い！　栞ちゃん、行くよぉ～？」

「ま、待って！　恋花、兎亜――きゃあっ⁉」

二人が栞に飛びかかり、彼女の全身を甘くくすぐる。

「あっ、ちょっ、やめ……あはっ、あははは　っ！」

「ふふーん。可愛い声で鳴くねぇ、しおりん」

「栞ちゃん、お肌真っ白で綺麗《きれい》だね～。ツヤツヤ～♪」

久しぶりに見た、じゃれて遊ぶ三人。

ああ……ありがたい。彼女たちのパジャマパーティーを、間近で眺めることができるなんて。尊い以外の言葉がない。

「ってか、こうして触れ合って思ったけどさー。しおりん、おっぱい大きすぎじゃない？」

「はぁ⁉」

栞さんが、過去一大きな声を出した。

俺も驚く。いきなり、何の話をしてるんだ。

「お風呂の時も思ったけど！　そのサイズさすがにズルいって！　何食ったら、そんなに成長できんの？」

「べ、別に……好きで成長したわけじゃ……！」

いや……これ、俺がいる前でする話じゃないだろ。なんでこの会話を聞かせるんだ？

そう思った直後。

「ふ、二人とも！　壮真《そうま》君もいるから！」

『あっ……』

どうやら女子同士ではしゃぎすぎて、俺を失念していたようだ。壁になりたい俺としてはありがたいことではあるのだが、忘れられすぎるのも考えものだな。

「ご、ごめんソーマ君……セクハラでした……」

「できれば今のは、忘れてほしい……」

「う、うん。大丈夫。ごめん……」

赤くなる二人。

俺からも謝ることしかできなかった。今のは百合《ゆり》とか関係なしに、男が聞いていい話題じゃない。

「ってか、俺はそろそろ失礼するよ。俺の寝室はどこなのかな」

そもそも、この状況が異常なのだ。彼女たちが使う寝室に、なぜか連れてこられた状況が。

百合を眺められるのはいいけど、巻き込まれるのは解釈違い。俺は退散するべきだろう。

「え？　壮真君の寝室もここだけど」

「は？」

兎亜の発言に、目が点になった。

「ごめん待って……俺、皆と同じ部屋で寝るの？」

「うん。余ってる部屋、ここしかないから……」

なん……だと……！

「いやいや、それはまずいって。年頃の男女が、同じ部屋でなんて……！」

パジャマパーティーを見るのはいいが、寝室が同じなのはゴメンだ。普通の感覚として、まずい。

「そーそー！　あーしも良くないと思う！　寝るとこ一緒とか、恥ずいじゃん！」

三人の中ではピュアな恋花も、顔を赤くして俺に賛同。

「しおりんだって、寝室は分けた方がいいよね⁉」

「う、うん……。でも、他の部屋が無いなら、仕方ないかも……」

「うぅ……！　まぁ、たしかにそれはそっか……」

二人とも、戸惑いつつも全力で拒絶するわけではなかった。二人っきりというわけではないから、まだ許容できる範囲なのか？

「ごめんね、壮真君。もし一緒が駄目なら、なんとかするよ。今日はわたしがここで寝るから、わたしの部屋は空いてるし……」

と、兎亜が困った様子で言う。兎亜としては、俺も一緒に寝るよりも、俺に一人で部屋を使わせる方が、避けたいことなのかもしれない。まぁ、自分の部屋に異性が一人でいる状況って、なかなか落ち着かない気がする。男に見られたくないものとかが、何かあってもおかしくはないし。

「でも……しおりんの言う通りかも……。ソーマ君なら、変なこととかしないよね……？」

「え？」

「決めた！　あーしもソーマ君と一緒がいい！」

唯一の賛同者が寝返ってしまった。俺への信頼が厚すぎる。

彼女たちの中では、俺が同じ部屋で寝ることになんら問題はないらしい。兎亜としても、その方が都合は良さそうだ。

そして泊めてもらう立場である以上、俺もうるさいことは言えない。

「分かった……。それじゃあ、失礼します……」

毎度のごとく、流されてしまう自分が嫌になってくるが。

仕方なく俺は今日一日、彼女たちと一緒に寝ることに決めた。

※

少しして、兎亜が部屋の電気を消した。

俺たちはそれぞれの敷布団で横になる。その配置は、俺の右隣に恋花、左隣に栞《しおり》、向かい側に兎亜という配置。文字通り、百合に挟まれる形であった。

いや、なんでだよ……。ここは女子たちだけで固まるべきでしょ。そんで俺は部屋の一番隅とかに隔離された形で寝るべきだ。

しかし彼女たちはなぜか俺を中央に寝かせて、その周りを囲む形をとった。そして、電気の消えた部屋で会話する。

「それじゃーこれより！　恋バナ大会開始しま～す！」

「いえ～い！」

「なんでいきなり恋バナなの……？」

恋花の提案に、盛り上がる兎亜と呆《あき》れる栞。

物理的に間へ入っている俺は、彼女たちの邪魔をしないように黙る。

「やっぱ、お泊まりの時は恋バナっしょ！　修学旅行でも定番じゃん！」

「まぁ、分かるけど……。具体的に、何の話をするの？」

「う〜ん。まぁどストレートなのは、好きな人言い合うとかだけどねぇ〜……」

なんだか、含みのある間を置く恋花。そして、何やら悩む様子。

「じゃあ、みんなでお互いのいいところを、順番に言っていくとかどう!?」

「それ……恋バナ？」

「細かいことは別にいーじゃん！　とりあえず、話題の入り口としてさ！」

恋花の提案に、俺は布団《ふとん》の中でガッツポーズした。

女の子同士が互いの好きなところを言い合うなんて、これ以上ないご褒美《ほうび》イベントだ。

「ちなみにあーしは、しおりんのこと結構好きだよ？　素っ気なくて、いつも冷たいところとか！」

「は？」

「あははっ！　冗談だってばぁー！」

「それならわたしも、栞ちゃん好きだよ〜。いつも優しくて、わたしを支えてくれるもん！」

「も、もう……。それを言うなら、優しいのは兎亜《とあ》の方。口数の少ない私とも、いっぱい仲良くしてくれて……。そういうところ、私は好き」

「えへへ……！　なんか、恥ずかしいね……？」

尊すぎてしんどい。なんだこの告白合戦は。もうここに式場を立てたい気分だ。

「あー！　二人だけ甘い空気でズルいー。あーしの好きなところも言ってよー！」

「好きなところ……？　…………………」

「いや、出てこなさすぎでしょ！　しおりんひどくね!?」

「わたしは、いつも元気なところが好きだよ！　それにとってもオシャレだし、同じ女子として尊敬しちゃうな！」

「ほんとほんと？　兎亜ちん、ありがとー！」

「そうね。いつも騒がしいところとか、馬鹿っぽい分可愛《かわい》げはあるかも。能天気で幸せそうだと思う」

「おい、泣くぞしおりん！　あーし泣くよ!?」

やばい。この子たちは、本当に見ていて飽きないな。百合たちのやりとりに、さっきからニヤニヤが止まらない。真っ暗とはいえ、バレないように気を付けないと。

こっそり、布団に潜ろうとする。その瞬間——

「ねぇ、ソーマ君。まだ起きてるよね？」

不意に、恋花に話しかけられた。

少し悩んで、返事をする。

「あ、うん。起きてるよ」

「それじゃあ、ソーマ君とも恋バナしたいかな。駄目？」

「い、いや……駄目じゃないけど……」

これは、あれか？ 俺も皆の好きなところを言わなきゃいけない流れなのか？ できれば恥ずかしいから避けたいけど……。

「そ、ソーマ君ってさ……。好きな人、いたりするのかな……？」

なんか俺だけ、質問が直接的じゃないかな？

「いや。今のところはいないかな」

『ふぅー……』

なんだか、安堵《あんど》したみたいな吐息が三方向から聞こえてきた。

「それじゃあ、壮真君はどんな女の子がタイプかな？」

「タイプの女子？」

正直、ほとんど考えたことはない。強いて言うなら百合が好きだけど、それを言うのははばかられる。

「えっと、俺は……好きになった子が、タイプかな？」

仕方なく、そんな逃げの言葉で茶を濁す。

「わぁ……壮真君、なんかカッコいいね！」

「外見で決めないの、メッチャ偉いじゃん！」

女子たちが、俺の回答にテンションを上げる。

これ……また謎に好感度が上がってないか？

「ちなみに私は、頼りになる男性が好き。例えばだけど……男の人に絡《から》まれたときに、颯《さっ》爽《そう》と助けてくれるような人とか」

栞がそう語りだす。なぁ、それ……俺のことじゃないかな？

この前皆でゲーセンに行った時のことを話してないかな？

「あっ！　それならあーしは、少女漫画に出てくるタイプの男子が好きかな！　俺様系で、グイグイ来てくれるタイプの人！　あーし、顎クイとか壁ドン、好きだから！」

「わたしは、ちょっと頼りない人も好きだなぁ〜。疲れた時とか、わたしを頼ってお仕事とかを任せてほしい。支えてあげるの嬉《うれ》しいから！」

これはいけない。明らかに二人も、俺のことを言っている。壁ドンも、委員会の仕事を任せたのも、実際にあった出来事だ。これもう、半分告白だろう……。

どう考えても、三人の俺への好感度は高いままだった。

「も、もうやめよう！　恋バナは！　俺、そろそろ眠たいし！」

ここにきてから久しぶりに百合《ゆり》模様を楽しめていたけど、どうやら三人の意識が俺から外れたわけではないようだ。

これ以上、俺が挟まれる空気には耐えられない。それに、単純に恥ずかしい。このまま遠回しに褒められ続けると、羞恥心でおかしくなりそうだ。

「えー？　まだまだこれからなのになぁー」

「でも、わたしもそろそろ眠いかも……」

「兎亜、疲れ溜《た》まってるね。今日はもう、寝た方がいい」

「そっか……それじゃあ、もう寝よっか！」

よかった。お喋《しゃべ》りを切り上げて、みんなが眠る流れになった。

これでひとまず、この場は切り抜けたぞ。

そう、思っていたのだが……。

「くかー。くかー」

「すぅ……すぅ……」

「すやぁ～……」

彼女たち――特に栞と恋花《れんか》は、非常に寝相が悪いようで。

二人はそれぞれ寝入った後、俺の布団へ寝返りを打った。

そして両側から抱き着かれた。

「なんで、こうなる……⁉」

彼女たちの、力強くも柔らかい抱擁。シャンプーのとても良い香りに、いたたまれない気持ちになる。

そして結局。彼女たちが再び寝返りを打って自分の布団に戻るまで、俺は数時間ほど挟まれ続けた。

エピローグ

兎亜の家に泊まった、あの日以降。

俺は彼女に言った通り、時間のある日は恋花たちと一緒に兎亜の家へ通うことにした。

そして俺は三人が仲良く家事に励む様子を見ながら、双子に勉強を教えてきた。

その結果。双子たちのテストが終わった翌週の朝。

「壮真《そうま》君！　本当にありがとう！」

渡り廊下で、俺は兎亜に頭を下げられていた。

「壮真君のおかげで、二人とも赤点は回避できたみたい！　これで家族旅行にも行けそうだよ〜！」

「ほんと⁉　良かった！」

家庭教師を引き受けた手前心配だったが、無事に成果が出たようで良かった。

「それも、全部壮真君のおかげだよ！　あのままわたしが教えていたら、今頃どうなっていたことか……」

「いや。双子たちが頑張った成果だよ。俺はただ、二人がやる気を出せるように、ちょっと工夫をしただけで」

「工夫？　具体的にどうしたの？」

「アニメキャラが勉強を教えてくれる参考書を持ってった。受験前に俺が使ってたやつ」

「なるほど！　たしかに勉強しやすいかも」

人気アニメのキャラクターたちが分かりやすく公式を教えてくれる参考書は、飽き性な双子にもブッ刺さった。そのおかげで二回目以降の勉強は、予想以上に捗《はかど》ったんだ。

「さすが壮真君だね～。困った時は、絶対助けてくれるんだもん」

「いや。そんなヒーローみたいなもんじゃないから」

「え～？　ヒーローだよ～。わたしも、すごく助かったんだから！　壮真君のおかげで、琹《しおり》ちゃんたちともますます仲良しさんになれたし！」

「そうなの？」

「三人で一緒に家事するうちにね？　お互いの細かい性格とかに気づけたの！　恋花ちゃんはチャレンジャーなところがあって、料理だと必ず何かアレンジするんだ！　琹ちゃんは丁寧だけど、たまにちょっと抜けたところもあって――」

ペラペラと、楽しそうに二人のことを話す兎亜。その様子は、なんとも微笑《ほほえ》ましい。二人への愛情が溢《あふ》れていた。

「二人と楽しく家事ができたのも、壮真君が連れて来てくれたおかげだよ！　本当の本当に、ありがとう！」

「い、いや……そんな」

ここまで改まってお礼をされると、なんだか照れる。

でも、彼女たちの仲が深まったのはいいことだ。三人にはこれからも、俺に上質な百合成分を提供してもらいたいからな。そしてできるだけ早急に、俺のことなんて忘れてほしい。

「しおりんー　待ってよ、痛いってー！」

「恋花が寝坊するのが悪い。早く兎亜《とあ》に謝りに行かなきゃ」

ふと、外から聞こえる恋花たちの声。開いた窓から外を見ると、栞が恋花を引っ張りながら、中庭を歩いているところだった。

どうやら今日はまた、恋花が寝坊をしたようだ。それで兎亜だけ先に学校へ来たのだろう。

「あっ！　恋花ちゃん！　栞ちゃん！」

「行ってあげなよ。二人にもお礼、言いたいでしょ？」

「うん！　そうするね！」

元気に廊下を駆けだす兎亜。早く二人に会いたいと言わんばかりのその勢いは、非常に微笑ましくて可愛《かわい》い。

「あっ、そうだ！　ねーねー、壮真君！」

兎亜が、こっちへ戻ってきた。そして、俺の前で両手を広げる。

「今日のわたし、どこか変わったところはないかな？」

「変わったところ……？」

これは、世の女性たちがよくやるという、気づいてほしいアピールか……？　彼女が髪を切ったと気づかない彼氏が、めちゃくちゃに非難されるやつ。

いや、なんでそれを俺が兎亜にされている？　栞にやるとかならわかるけど。

「あははっ。さすがに気づかないよね～。ヒントは、制服なんだけど」

悪戯《いたずら》な笑みを見せる兎亜。

ひとまず、彼女の制服に注目してみる。しかし、特に変わった様子はない。ベージュのブレザーに、黒いミニスカート。いつも通りの制服姿だ。スカート丈を変えた様子も、着崩している様子もない。

「分からないかな？　じゃあ教えるね！」

困惑している俺を見かねてか、兎亜が俺に顔を近づける。

そして、耳元でこう言った。

「実は、わたしのネクタイ……壮真君のネクタイなんだ～」

「えっ……？」

「前に壮真君たちが泊まったときね？　わたしのと、こっそり入れ替えたの」

なんだ、それ。どういうことだ……？

意味がわからない。つまり俺は今、兎亜のネクタイを身に着けているということか？

なんで、わざわざネクタイの入れ替えなんて……。

より困惑した表情で、俺は兎亜の顔を呆然《ぼうぜん》と眺める。

すると彼女は――

「ネクタイ交換は、仲良しの証なんだよね？　壮真君が教えてくれたんだよ？」

「……あっ！」

そういえば、言った。この間、恋花と栞が喧嘩《けんか》したときに。

ネクタイを交換して身に着ければ、その相手と仲良くなれると。

「まさか、それを覚えてて……？」

「えへへ……わたしたち、仲良しさんになっちゃったね？」

応える代わりに、真っ赤な顔で笑う兎亜。

その笑顔に、心拍数が跳ね上がった。

俺の首元に、彼女のネクタイが巻かれている。兎亜が使っていたネクタイを、俺が身に着けてしまっている。

それを自覚した途端、なんだか全身がこそばゆくなる。さっきまでは、平気でこのネクタイを着けていたのに。急に意識をしてしまう。

そんな動揺に、俺が息をのんでいると。

「えいっ！」

兎亜さんが、急に飛びかかる。

そして、ほんの一瞬だけ。俺にギュっと抱きついてきた。

「っ！」

突然のことに、心臓がドクンと大きく跳ねる。

彼女はすぐに離れたが、俺はそのまま呆気《あっけ》に取られた。声を上げることすらできず、馬鹿みたいに黙って彼女を見つめる。

一方兎亜は、照れたように微笑んだ。

びっくりするほど可愛らしい、彼女の恋する乙女の表情。

「また後でね～！　壮真くん！」

直後、恋花《れんか》たちのもとへと走る兎亜。

逃げるように走り去る彼女の小さな背中を見ながら、俺は思わずよろけてしまった。

「マジか、これ……！」

もともと兎亜には、攻めの素質があると思っていた。

でもまさか、その攻めが俺にぶつけられるとは……！　俺はただ、百合《ゆり》を眺める壁でいたかっただけなのに。こんなの、解釈違いなのに！

解釈違いな、ハズなのに……！

「――なんで、ドキドキしてるんだよ……？」

これまでに感じたことがないほどの、胸の締め付け。体の火照《ほて》り。

それらから目を逸《そ》らすかのように、俺はネクタイを手にとり見つめた。

あとがき

本書をお手に取っていただき、誠にありがとうございます。作者の浅岡旭《あさおかあきら》です。

本作『俺がモテるのは解釈違い～推し美少女たちに挟まれました～』は、楽しんでいただけましたでしょうか？　これからお読みになる方もいらっしゃるかもしれませんが、少しでもこの作品が、皆様の癒やしになれば幸いです。

本作はもちろんラブコメですが、私としてはヒロインたちの絡《から》み、やりとりを一番楽しく書かせていただきました。

私自身、漫画やゲームなどを楽しむ際は、ヒロインたちのわちゃわちゃした絡みを見るのが、とても大好きな人間です。美少女たちのイチャイチャからでしか摂取できない栄養がある。そして、仲良しな彼女たちに囲まれるからこその嬉《うれ》しさがある。そう考えて、本作を執筆いたしました。（自分から挟まりに行くのは、解釈違いですが）

主人公たちのラブコメも併せて、是非ヒロインたちの百合《ゆり》絡みもお楽しみください。

それでは、ここからは謝辞に移ります。

担当編集のＮ様。企画の立ち上げから多大なるお力添えをいただき、心より感謝を申し上げます。この企画は、担当様とだからこそ形にできたと確信しております。これからもどうか、よろしくお願いいたします。

イラストレーターのＢｃｏｃａ様。美麗なイラストを描いていただき、誠にありがとうございます。恋花《れんか》も兎亜《とあ》も栞《しおり》も、みんな筆舌に尽くしがたい尊さでした。

出版・販売に関わってくださった、すべての皆様。深くお礼を申し上げます。デザイナー様や校閲様など、ここでは書ききれないほど多くの方々に支えていただき、感謝の気持ちでいっぱいです。

最後に読者の皆様方。改めて、本書に興味をもっていただき、本当にありがとうございます。娯楽に溢《あふ》れた世の中で今作を選んでいただいたこと、感謝をしてもしきれません。

皆様のご期待に応えるためにも、引き続き精進してまいります。

それでは、近い内にまたお会いできることを祈っております。

二〇二四年五月某日　浅岡旭

お便りはこちらまで
〒一〇二－八一七七
ファンタジア文庫編集部気付
浅岡旭（様）宛
Ｂｃｏｃａ（様）宛

富士見ファンタジア文庫

俺《おれ》がモテるのは解釈違《かいしゃくちが》い
～推《お》し美少女《びしょうじょ》たちに挟《はさ》まれました～

令和6年7月20日　初版発行

著者――浅岡《あさおか》 旭《あきら》

発行者――山下直久
発　行――株式会社KADOKAWA
〒102-8177
東京都千代田区富士見2-13-3
0570-002-301（ナビダイヤル）
印刷所――株式会社暁印刷
製本所――本間製本株式会社

ISBN978-4-04-075528-1 C0193　◇◇◇

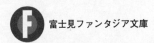

ファンタジア文庫
週に一度クラスメイトを買う話
～ふたりの時間、言い訳の五千円～
羽田宇佐《はねだ・うさ》
イラスト／U35《うみこ》
USA HANEDA

切り拓け！キミだけの王道
ファンタジア大賞
原稿募集中！
賞金
《大賞》300万円
《金賞》50万円
《銀賞》30万円
選考委員
細音啓「キミと僕の最後の戦場、あるいは世界が始まる聖戦」
橘公司「デート・ア・ライブ」
羊太郎「ロクでなし魔術講師と禁忌教典《アカシックレコード》」
ファンタジア文庫編集長
前期締切 8月末日
後期締切 2月末日
公式サイトはこちら！ https://www.fantasiataisho.com/
イラスト／つなこ、猫鍋蒼、三嶋くろね